O amigo de Praga

Francisco Cabral

Ilustrações
Adriel Contieri

QUATRO CANTOS

Grafia conforme o Acordo Ortográfico da Língua Portuguesa

Capa
Rosana Martinelli, desenho de Adriel Contieri da Casa Dançante, criada pelo arquiteto Vlado Milunić, localizada em Praga, República Tcheca

Preparação
Renato Potenza Rodrigues

Revisão
Larissa Lino Barbosa e Mariana Cruz

Dados Internacionais de Catalogação na Publicação (CIP)
(Câmara Brasileira do Livro, SP, Brasil)

Cabral, Francisco
O amigo de Praga / Francisco Cabral ; ilustrações Adriel Contieri — 1ª ed. — São Paulo: Quatro Cantos, 2014.

ISBN 978-85-65850-16-2

1. Literatura infantojuvenil. I. Contieri, Adriel. II. Título.

14-03705 CDD-028.5

Índices para catálogo sistemático:
1. Literatura infantojuvenil 028.5
2. Literatura juvenil 028.5

RODRIGUES & RODRIGUES EDITORA LTDA. — EPP
Rua Irmã Pia, 422 — Cj. 102
05335-050
São Paulo - SP
Tel (11) 2679-3157
Fax (11) 2679-2042
www.editoraquatrocantos.com.br

Não que o jovem Dennis não gostasse de estudar. Mas não há como negar que sua pulsação ficava cada vez mais digna do ritmo de uma bateria de escola de samba à medida que as férias se aproximavam. O ar puro, a abundância de frutas, os banhos de córrego e, principalmente, bem acima de tudo, as cavalgadas, estes os magnetos que o atraíam para a vida campestre. Isso sem contar a bem equipada biblioteca do avô, um advogado aposentado. Tudo bem diferente daquela sua Goiânia de mais de um milhão de habitantes e com pretensões a metrópole.

Dois anos antes fizera com os pais e os irmãos uma viagem à Europa. Rodaram por França, Alemanha, República Tcheca, Eslováquia e Hungria. Porém, sem titubear trocaria o roteiro — de que gostara, aliás — por uma temporada no campo. E a região da Chapada dos Veadeiros encantava não só o estudante, mas, por outras razões, cativava místicos, ufólogos, esotéricos e religiosos de todo o Brasil e do exterior. Diziam que aquela área era um dos mais fortes “lugares de poder” do mundo.

Dennis já cavalgava Tartarus, seu animal predileto, havia mais de uma hora. Percorrera os pastos e as estradas que levavam à fazenda de seu avô, uma propriedade de porte médio localizada no município de Alto Paraíso, nordeste de Goiás. Estava decidido a aproveitar ao máximo seus dias de lazer. Talvez não os tivesse no ano seguinte, pois dali a um ano provavelmente estaria enfrentando o vestibular. Ou os vestibulares. Estava em dúvida entre agronomia, veterinária, engenharia civil, medicina e ciências da computação. E daí? Tanto tempo para pensar... Sem falar que a mecatrônica era uma opção bem sedutora.

Sua cabeça esvaziara-se de fórmulas, cálculos, provas, trabalhos, deveres e notas. Não pensava em praticamente nada quando um barulho repentino, um baque seco e um leve estremecer do solo quase fizeram com que Tartarus, empinado sobre as patas traseiras, o enviasse ao chão. Dennis segurou-se e passou a dar tapinhas no pescoço do cavalo.

— Calma, Tartarus, está tudo bem. Acho. Espero.

O barulho viera do leste. Dennis não hesitou em ir naquela direção. Teria alguém mais ouvido, ainda que a casa mais próxima, justamente a sede da fazenda de seu avô, ficasse a cerca de quatro quilômetros dali?

Dois minutos depois, já se avistava uma fumaça ou poeira, Dennis não sabia bem. De qualquer maneira, sua fonte encontrava-se atrás do morro. Cutucado por seu cavaleiro, Tartarus disparou para o local. Os lisos cabelos castanhos claros do rapaz, que desciam até o pescoço, apontavam para trás, como se não quisessem ir com seu dono. Suas feições revelavam simultaneamente excitação e curiosidade, determinação e — por que não? — um certo medo. Medo não de que algo pudesse acontecer-lhe, mas medo do que esperava por ele. Um avião teria caído? Tinha medo, nesse caso, de ver o estado dos prováveis cadáveres.

O morro era pouco íngreme e eles o ultrapassaram sem dificuldades. Do outro lado, Dennis teve de ajustar a vista, pois de início viu apenas objetos a refletir fortemente a luz do sol.

— Meu Deus, Tartarus, parece que foi mesmo um avião que caiu.

A hesitação não durou mais que um segundo. Aproximou-se dos destroços e viu um rastro de quase cem metros de folhas de metal. Além de brilhar mais que os outros, aquele era um metal diferente. Dennis desceu do cavalo e pegou um exemplar. Estava quente, mas, antes de soltá-lo, ele pôde perceber que era mole, flexível como uma chapa de raios X, apesar de aparentemente mais resistente. Mas não via asas, rodas, ou o que quer que fosse que costuma fazer parte de um avião.

Olhando mais adiante, Dennis viu um sulco escavado na terra. Deduziu que uma parte mais dura do objeto acidentado deslizara na direção da pequena mata que quebrava a monotonia da paisagem do cerrado. Correndo, seguiu o sulco de cerca de seis metros de largura. Passou por troncos derrubados, arbustos arrancados e avistou, enfim, o que esperava ser o seu avião. Ainda sob o efeito da adrenalina, o emocionado estudante não atentara para o fato de que um avião teria derrubado mais árvores com suas asas, e que estas provavelmente teriam sido arrancadas no processo.

Seu equívoco se desfez assim que se deparou com aquela pirâmide deitada. Não propriamente uma pirâmide. Visto de lado, o objeto era um triângulo retângulo, cuja hipotenusa parecia ter uns sete metros. "Não é um avião, não é um avião", pensava Dennis. "Mas o que será isso?"

O calor na proximidade do objeto era insuportável. Sua parte traseira era formada por um bloco de um metal negro, maciço. Atrás, percebiam-se três grandes buracos, de onde escorria, discreto, um líquido transparente. "Uma nave", concluiu.

A frente do objeto estava coberta de terra, galhos, folhas e cipós. Seu bico era redondo, muito parecido com o dos primeiros ônibus espaciais norte-americanos. "Um óvni", balbuciou Dennis, que jamais vira algo parecido, a não ser em livros e filmes de ficção científica. Freneticamente começou a retirar aquela sujeira toda e logo encontrou vidro. Não teve tempo nem de se admirar por encontrar vidro intacto, pois através do material transparente percebeu que um homem — ou o que se parecia com um homem — se mexia. Sua cabeça avantajada e coberta de fios louros pendia para a frente; só não caía sobre o painel porque o corpo estava atado a um cinto de segurança e suas mãos magras pareciam procurar alguma coisa ao seu lado. Era outro ser, este inerte.

Imediatamente Dennis passou a apalpar a superfície acinzentada da nave à procura de uma porta. Achou uma fina fresta. Surpreendeu-se com a facilidade com que abriu o compartimento dos pilotos. Enfiou-se lá dentro e notou que pouca coisa se danificara. O espaço interno era razoável, comportando com folga os quatro assentos existentes. Enquanto colocava o piloto louro em posição ereta na poltrona, observava os instrumentos e a, digamos, decoração da cabine. Nem no cinema vira algo semelhante. O louro abriu os olhos, que, embora grandes demais, eram esverdeados e razoavelmente humanos. Sua testa era larga e alta, o nariz não muito pequeno, mas não aquilino. A boca, pequena, encimava um queixo pouco proeminente. Sua pele era bem clara e a do outro, mais escura. Ele olhava para Dennis, mas, atordoado, nada dizia, nada fazia.

O jovem deixou-o sentado e foi ao encontro daquele que estava à sua direita. Seu corpo estava mole, sem vida. Não tinha pulsação. Morto. Parecia mais baixo que o outro e era careca. Tinha um nariz menor e as feições um tanto mais suaves. Ambos vestiam macacões de um tecido parecido com o algodão, porém mais leve, elástico e resistente. "Serão extraterrestres?", perguntava-se Dennis, que se voltou para o sobrevivente.

— Eu vou trazer ajuda. Está me entendendo? Fique aqui — falava e gesticulava. — Eu volto logo.

Em resposta, apenas um olhar confuso. E doloroso. Apesar de tudo, o piloto não gemia, não chorava.

O peão Juraci estranhou profundamente a chegada do neto de seu patrão em desabalado galope.

— Que isso, Dennis? Viu assombração de manhã cedo? Assim ocê mata o Tartro.

— Segura aí, Juraci — disse o garoto, entregando as rédeas do cavalo ao peão.

— Num vai nem disarriá o bicho, forgado? Essa juventude...

Pulando todos os degraus, Dennis entrou na ampla casa. Encontrou o avô na sala, assistindo ao telejornal.

— Vô, vô!

— Que foi, meu filho? O boi arrebentou o arame de novo?

— Não, não... O barulho. Ninguém ouviu o barulho?

— Barulho? Que barulho? Fica calmo, menino. Matilde, traz água com açúcar pro Dennis!

— Não... A caminhonete. Preciso da caminhonete. Vem comigo, vô.

— Tá variando? Falei pra você não tomar sol demais...

— Não. Um disco. Uma nave. Não era disco. Um ET. Caiu. Tá vivo. Vamos! A caminhonete. Cadê a chave?

Sua avó trouxe-lhe a água com açúcar. Ele aceitou sem resistir e bebeu de um gole só. A própria pausa para sorver o líquido fez com que se acalmasse.

— Uma coisa caiu atrás do morro, vô. Tem um homem ferido. O senhor precisa vir comigo.

Prudente Campelo enfim convenceu-se de que o neto havia testemunhado algo incomum. Apanhou as chaves, chamou Juraci e foram os três ao local do acidente.

Chegaram rapidamente à nave acidentada. Prudente e Juraci pouco tempo tiveram para admirar-se com o que viram, pois a prioridade era a vida do sobrevivente. Mas, para surpresa e decepção de Dennis, havia apenas um corpo no objeto voador. O corpo morto.

— Tinha dois, vô. Eu toquei no alienígena que sobreviveu. Era louro e... Ele deve ter conseguido sair da nave e está por aí.

— Está bem, filho. Eu acredito, acredito. Juraci, vai procurar um louro por aí, enquanto nós tentamos tirar esse careca daqui. Ou melhor, vamos deixar ele aqui. Isso é trabalho da polícia.

— Polícia? Mas, vô, eles vão entregar o corpo, a nave, tudo para as autoridades federais. Vão abafar o assunto. Vão procurar até achar o outro...

— E o que nós temos com isso, Dennis? O que vamos fazer? Esconder esse trem aqui, enterrar o defunto? A Aeronáutica precisa ser avisada. E se for um daqueles testes secretos de novos aviões?

— Veja essas inscrições, vô! Nenhuma língua da Terra usa esse tipo de letra. É um momento histórico, vô! Estamos em meio a um contato imediato de terceiro grau com entidades alienígenas.

— Contato imediato... Como é que você sabe tudo isso, menino?

— Ora, vô, o senhor não assiste a cinema, não lê livro de ficção científica? O senhor viu como a cabine resistiu ao impacto, vô? Esta nave deve ter sido projetada para perder toda a sua fuselagem durante um acidente: os pedaços menos resistentes vão ficando pelo caminho e ajudando a amortecer o impacto. É pra proteger os ocupantes. Como na Fórmula 1.

— Não se precipite, filho. Ainda acho que esse negócio pode ser parte de um teste das superpotências. Pode até ser um projeto brasileiro mesmo.

— Deixa disso, vô. O senhor viu as inscrições, o material da nave. Olha pra ele. Magro, cabeçudo, dois metros de altura... O que escapou é ainda mais alto, parece.

— Os pilotos desses testes secretos devem seguir uma dieta especial, exercícios... Isso! Dieta e exercícios deixam eles assim. Está explicado. Viu como não tem nada de ET, de disco voador.

— A quem o senhor está tentando convencer, vô?

Alguns minutos depois Juraci retornou, desconfiado.

— Num achei o hômi, não, seu Prudente. Credo e cruz, mais esse trem parece coisa do demo. Eu sempre ficava cum medo quando meu avô orava pra mim e pros meus irmão e dava uma risadinha: "Errê, mulecada, cêis vai sofrê o diabo. Mais eu tô tranquilo: vô morrê sem vê o qui vem dispôis do ano 2000, presta atenção nos sinal do céu. Aí cêis pode cumeçá a rezá qui o mundo vai acabá". E dava outra risadinha. Véio marvado.

— Deixa de besteira, homem — ralhou Prudente. — Vai chamar o delegado.

Conformado, Dennis acompanhou a chegada do delegado Ricardo Bicalho, de Alto Paraíso, e de seus dois únicos policiais. Com eles veio o médico Conrado Fortes, velho amigo de Prudente Campelo. Enquanto os perplexos agentes da lei faziam a perícia, o médico examinava o corpo.

— Está morto, a menos que não tenha coração, pulso ou não respire quando dorme — diagnosticou Fortes, contraindo seu rosto enrugado, emoldurado por desgrenhados cabelos brancos e parcialmente coberto por seus imensos óculos de lentes fundo de garrafa.

— Me fala algo que não sei, Conrado — disse Prudente. — Isso aí é humano?

— Prudente, meu amigo, em meus trinta anos de medicina, nunca vi nada parecido.

O velho fazendeiro puxou o médico de lado e disse-lhe em voz baixa:

— Diz a verdade, Conrado: ele é humano?

— Bem, ele é... denso, sabe?

— E é humano?

— Tem uma pele resistente...

— É humano?

— Crânio saliente, imenso...

— É humano?

— O que implica um cérebro maior que o nosso.

— Mas é humano?

— Ele...

— É humano ou não é, Conrado? — gritou Prudente, perdendo a calma. — Quer dizer... — tentou corrigir, envergonhado pelo destempero. — Ele vai ficar bem?

— Não sei. É minha resposta para ambas as perguntas.

Já o delegado tinha outras preocupações. Não encontrara documento algum. Resolveu chamar a Agência Nacional de Aviação Civil, praxe em caso de acidentes aéreos.

— Sabe do que tenho mais medo, seu Prudente? — disse ele.

— Do quê, delegado?

— De que a notícia se espalhe e venha mais maluco pra Alto Paraíso. Já tem aquele povo que montou a igreja do extraterrestre, o culto holístico de não sei quê, os adoradores do pedaço do meteorito... Cambada de sem-vergonha que não tem o que fazer.

As muitas horas de buscas infrutíferas foram interrompidas pela chegada do pessoal da Aeronáutica, comandado pelo altivo coronel Nicolau Bonhoff, que destilava autoridade.

— Ninguém entra, ninguém sai desta propriedade. Quem viu o aparelho? Só vocês quatro e os policiais? Ótimo. Ninguém mais precisa saber do que aconteceu. Ninguém deve saber, compreenderam? Felizmente este fim de mundo não tem jornal, rádio e TV. Assim o assunto não existe, nada aconteceu.

— Mas o que é isso, coronel? — indagou Prudente.

— Isso não é nada, senhor. O senhor, nem ninguém, jamais viu ou ouviu coisa alguma. Vamos limpar toda a área e a vida vai voltar a ser como antes, com vaquinhas mugindo, galinhas cacarejando e coisa e tal.

— Coronel — disse um dos soldados —, o corpo deste elemento é pesado demais. Tão magro e tão...

— Sem comentários, soldado. Vocês estão proibidos de falar sobre o que viram e pegaram aos seus familiares.

Nos dias seguintes, os mais potentes guindastes foram requisitados para remover a nave. Seu peso era incomensuravelmente desproporcional ao tamanho. Enfim, com exceção do sulco no solo e de algumas plantas arrancadas, já não restava vestígio do incidente na fazenda.

— E quanto ao outro tripulante, coronel? — quis saber o delegado.

— Bom, pode ser que haja três sobreviventes, devido ao número de assentos vazios. Vou deixar, discretamente, alguns agentes por aqui. Quanto aos senhores, delegado, doutor e moradores do local, solicito sua colaboração. Não deixem de me comunicar em caso de qualquer anormalidade. É caso de segurança nacional, algo bem acima de nós.

— Já sei — disse Dennis. — Vocês querem que entreguemos o tripulante que escapou para transformá-lo em cobaia.

— Fica calado, Dennis! — ordenou, ríspido, Prudente.

— Eles vão virá-lo do avesso, vô. Vão manter tudo no maior sigilo, vão contatar a Nasa, Washington e vão encobrir tudo. Como sempre acontece em casos assim.

— Que casos? — protestou Prudente. — Nunca houve nada parecido.

— Porque encobriram. Já ouviram falar do Caso Roswell? Um coronel da força aérea dos Estados Unidos chegou a dar entrevistas dizendo que havia capturado um alienígena vivo. Foi na década de 1940. Logo depois o governo desmentiu tudo. Disse que o que caiu no deserto foi um balão meteorológico. Se a gente for à imprensa, eles também vão dizer que era um balão, que estamos delirando, esse tipo de coisa.

— Calma, rapaz — pediu o militar, sério. — Em nome do interesse nacional eu peço a colaboração dos senhores. Este assunto não pode vazar para a sociedade e...

— Como não? — indignou-se Dennis. — A sociedade é que paga vocês. Nós não pagamos seus salários para que vocês venham esconder qualquer coisa de nós. Vocês são pagos para nos servir, não para nos enganar.

— Dennis... — contemporizou seu avô.

— Olhe, rapaz, se assim agimos é em prol de um bem maior, a nação. Segurança nacional, garoto. Temos de deliberar, estudar muito antes de divulgar alguma coisa. O governo não pode ser precipitado, não pode agir impulsivamente. Para o bem de todos, vocês não viram nada, vocês não tocaram em nada. O senhor que é médico — disse apontando para o médico Conrado — não examinou nada, positivo? De agora em diante nada é da conta de vocês. Agradecemos por terem chamado a polícia, que nos acionou e tudo o mais. Porém, a participação de vocês termina aqui. De uma vez por todas.

— Quando o encontrarem ele vai se tornar um simples rato de laboratório na mão de vocês. Isso se vocês deixarem ele ficar bom. Vocês já têm um cadáver para se divertir, por que não deixam o outro em paz?

— Dennis, meu filho, nós não temos nada a ver com isso. Ele lê demais, coronel. Não repara, não. Esqueça, garoto, e...

— Bem, é hora de ir. Não façam nenhuma besteira. Se vocês forem à imprensa, vão se tornar apenas motivo de chacota. Evidentemente negaremos tudo. Será a palavra de um adolescente cheio de energia e imaginação contra toda uma instituição. Senhor, por favor, controle seu neto. E entrem em contato conosco em caso de novidades. De qualquer forma meu pessoal estará por perto. Lembrem-se disso. Tenham um bom dia.

Enquanto Dennis remoía seu descontentamento, o dr. Conrado olhava, pasmo, para suas próprias mãos.

— Não acredito — balbuciava. — Não posso acreditar...

— Acreditar no quê, homem de Deus?

— Não posso acreditar que estas mãos, Prudente, estas mãos calejadas tocaram numa coisa de outro mundo.

— Então faz de conta que não tocou — aconselhou o velho fazendeiro.

— Não, vô — objetou Dennis. — Ninguém tem o direito de nos fazer acreditar ou deixar de acreditar em o que quer que seja. Ninguém pode sonhar por nós.

— Nossa, quanta rebeldia!

— Nada que o tempo não cure, Conrado.

Nas noites seguintes à partida do coronel Bonhoff, Dennis sonhou que, durante horas, mantinha conversas com o alienígena a respeito de seu planeta natal e sobre os mistérios do universo. Não conseguia explicar que língua utilizavam. Sabia apenas que trocavam ideias, experiências. Não raro acordava na dúvida se de fato ocorrera o que havia acontecido na fazenda de seu avô. Não teria sido tudo aquilo também um sonho? A realidade respondia que não, com a presença dos militares que continuavam a rondar a região.

O primeiro mês de férias de Dennis completou-se sem que os agentes da Aeronáutica tivessem encontrado a mínima pista do sobrevivente da queda da estranha nave. Gradualmente seus ânimos iam se arrefecendo. Semana a semana reduzia-se o número de militares no local.

O Natal chegou e passou, assim como a virada de ano.

— Você bem que poderia estar do lado do seu pai, da sua mãe, não é, Dennis? — quis saber Matilde.

— Sabe, vó, mais do que estar lá eu queria que eles e meus irmãos estivessem aqui. Felizmente eles não se meteram nessa confusão toda.

— Hora dessas eles estão lá reunidos na casa dos sogros da sua mãe...

— Eu tenho um jeito de suportar esses momentos. É só pensar que o resto do ano estarei ao lado deles o tempo todo, buscando ao máximo uma convivência harmoniosa e sadia. Assim não precisamos fingir harmonia e felicidade apenas em determinadas datas. O ideal é que, para o coração, fosse Natal o ano todo.

— De onde você tira essas sabenças todas? Adolescente não fala assim.

— Que adolescente?

Dono de uma energia singular, Dennis não se cansava de empreender suas próprias buscas. Tartarus era seu fiel companheiro nas varreduras diárias que realizava. Como não poderia deixar de ser, o estudante estreitara relações com os agentes, que já faziam parte de sua rotina. O mais comunicativo deles era o tenente Renê Amarante, que todas as manhãs saudava o jovem.

— Boa sorte em vossas buscas, nobre cavaleiro das longas madeixas.

— Não tão boa sorte a vocês, tenente.

— *Sir* Dennis da boca atrevida, de todo o coração solicito vossa valorosa colaboração. E, por favor, não me chameis de tenente. Para efeitos de despistamento, sou o engenheiro Renê.

Os militares andavam à paisana e foram instruídos a informar aos possíveis curiosos que eram estudantes de agronomia e veterinária, ou profissionais recém-formados dessas áreas, que vieram ao campo para cumprir estágio. Com o sargento (ou quase-doutor) Níveo Peralta os contatos não eram tão bem-humorados.

— Ei, rapaz, você não está escondendo nada de nós, não, está?

— Não, pelo simples fato de que nada tenho a esconder.

— Quer dizer que se tivesse...

— Se disser que sei de algo mais, qual seria a reação de vocês? Na certa criariam um clima de terror para mim e para minha família, assim como fizeram com o Getúlio.

— Getúlio? Que Getúlio?

— Não conhece sua principal vítima? Foram vocês que mataram o presidente Getúlio Vargas. A Aeronáutica, com sua República do Galeão, criou o clima que levou o presidente ao suicídio.

— Que que eu tenho com isso? Nem sabia dessa história. Pra mim, Getúlio Vargas não passa do nome de uma avenida lá da minha cidade.

— Legal. Um oficial das Forças Armadas não sabe nada da nossa história recente. Getúlio se matou não faz tanto tempo. E vocês se dizem membros do serviço de inteligência da Aeronáutica. Tremo só de pensar no nível do serviço de ignorância. Ou no *Níveo* do serviço de ignorância.

— Hein? Espere aí, moleque! — gritou o agente, ao mesmo tempo que comia a poeira deixada pela disparada de Tartarus. — Nível do serviço? Níveo... — resmungava o solitário e confuso militar.

Uma tarde em que Dennis retornara de seu passeio equestre e desencilhava o cavalo, Juraci contou-lhe, no tom mais natural possível, o que acontecera havia pouco ao seu filho.

— Pois num se assucedeu um trem isquisito cum o Junin hoje, Dennis?

— O que aconteceu, Juraci?

— Uai, o muleque tava brincano de corrê com o fio do cumpade Bastião. Uma hora deu de ir pra bera do corgo e foi lá qui ele arregalo os zóio e quase se borrô todo.

— O que ele viu, Juraci? Fala logo.

— Uai, ele falô que um branquelão cabiçudo e de cabelo craro, na horinha qui viu ele (o meu minino), deu um pulo pra cima tão arto, mais tão arto, qui foi até incima das arve. E foi pará bem longe, dotro lado do corgo. Aí deu otro sarto e sumiu no mundo.

— E onde está o Juninho? Quero ir aonde ele viu o tal cabeçudo. E, Juraci... não conte pra mais ninguém essa história, tá me ouvindo?

— Se ocê faiz questão... Só minha muié e os otro minino é que sabe. E o fio do cumpade Bastião, craro. Vô fala pra êze num contá pra ninguém.

— Vou pegar as varas. Vamos fingir que vamos pescar. Não quero ficar dando satisfações pra aqueles caras, não. Busca o Juninho.

O garoto apontou o local de onde o "cabeçudo" teria saltado. De fato, Dennis encontrou pegadas enormes e profundas na terra úmida. Não só no lugar indicado por Juninho como também nas imediações.

— Vamos apagar esses rastros. São tão fundos que será como tapar buracos. Se o pessoal da Aeronáutica descobrir, eles vão caçar o coitado como se fosse um animal.

— E num ia sê mió assim, Dennis? Credo e cruz, eu é que num quiria topá cum bicho desse.

— Vamo procurá ele, Dennis — incentivou Juninho.

Os novos fatos excitaram a imaginação de Dennis. Então o alienígena ainda estava na fazenda. Escondido, aturdido, talvez ferido, sem saber o que fazer, apenas se esquivando de tudo e de todos. Dennis se perguntava se não seria esta também sua linha de conduta caso fosse jogado numa terra estranha, hostil até. Compadecia-se do visitante involuntário.

Em suas cavalgadas seguintes resolveu seguir uma lógica diferente. O alienígena não fora avistado na beira do córrego? O que fazia ele ali? A resposta mais plausível é a de que fora beber água. Sendo anatomicamente semelhante aos seres humanos, logo compartilharia conosco certas necessidades. Desse modo, Dennis passou a dedicar uma atenção maior às imediações do curso d'água. Percorria a área a pé, na maior discrição possível.

Passou a ser considerado um pescador inveterado, surpreendendo mesmo seu avô.

— Ora, ora, você nunca gostou muito de pescar, Dennis. Será que devo chamar o Conrado pra dar uma olhada em você?

— Não, vô, não precisa. É que há mais coisas entre uma vara e a água do que sonha a vã pescaria. Só para parafrasear Shakespeare.

— É, acho melhor chamar o Conrado.

Quando faltavam menos de três semanas para o fim das férias, veio a recompensa para os esforços de Dennis. Chovera nos dois dias anteriores. No terceiro, um sol causticante decretou um calor terrível. Pela manhã, Dennis "pescou" perto do local onde Juninho tivera sua visão. À tarde, resolveu deslocar-se córrego abaixo. Enquanto caminhava, sempre silencioso, sempre atento, notou adiante, a mais de cinco metros, que debaixo de uma frondosa árvore, aproveitando a sombra, alguém estava debruçado na margem do riacho.

Dennis estacou. Era ele. Louro, crânio avantajado, magro... Agora, o que fazer? A dúvida tomou conta do rapaz. Decidiu observar por mais algum tempo. O estranho ser levava as mãos ao córrego e as retirava, em forma de concha e cheias de água, que levava à boca. Às vezes jogava o líquido no rosto ou sobre a cabeça. Contemplava um pouco os arredores e repetia a operação. Naquele momento Dennis sentiu pena dele, pois o piloto de uma suposta nave alienígena transformara-se num mero animalzinho assustado.

Assim que o "cabeçudo" levantou-se, Dennis decidiu que aquele era o momento de agir, apesar de não saber o que fazer. Não poderia perder aquela oportunidade. Num impulso, saiu de trás do grosso tronco que elegera como seu posto de observação para aproximar-se, ainda que cautelosamente, do arisco "homem do espaço". Este se preparava para pular para o outro lado do córrego, quando Dennis resolveu gritar o que lhe viesse à boca.

— Ei, espere um momento!

O cabeçudo olhou para trás e deteve seu movimento. Seus olhos denotavam completo terror. Percebendo isso, Dennis levantou suas mãos espalmadas à altura do peito, as palmas voltadas para o forasteiro.

— Não fuja, por favor. Amigo. Sou a-mi-go.

Seu gesto pareceu ter resultado algum efeito no cabeçudo. Animado novamente, Dennis voltou a caminhar vagarosamente em sua direção.

— Calma, não vou lhe fazer mal. Amigo, *friend*, *ami*,

freund, sei lá se você estudou alguma de nossas línguas. Mesmo que você fale uma delas, pouco vai adiantar, porque eu não falo nenhuma além do português. E um pouco de inglês.

Talvez a voz macia, o gesto de paz e o olhar de Dennis tenham ganhado a confiança do cabeçudo. Ou este tivesse percebido que aquele era o momento de se aproximar de alguém, que não mais poderia continuar isolado, fugindo de qualquer contato. Talvez houvesse compreendido que precisava de ajuda. Seja por qualquer um desses motivos, por alguns, ou por todos eles, o importante é que o insólito forasteiro permitiu que Dennis ficasse frente a frente consigo. A diferença de altura passava dos trinta centímetros. O estudante olhava para o rosto do viajante como se estivesse observando um edifício. E também era estudado atentamente.

Sorrindo, Dennis estendeu-lhe a mão direita.

— Amigo. Toque aqui.

O forasteiro não lhe deu a mão. Sua enorme mão. Limitou-se a imitar-lhe o gesto e a contemplar sua própria mão a pender no ar. Dennis não perdeu tempo e a apertou. O primeiro impulso do outro foi tentar livrar-se daquele enlace. Mas em uma fração de segundo ele deve ter perce-

bido que não havia nenhuma hostilidade naquele procedimento. Resolveu apertar seus dedos finos contra a mão de Dennis, que sentiu uma parcela de sua força descomunal. Ainda em meio ao cumprimento, o forasteiro abriu a boca, como se quisesse falar alguma coisa. Não saiu nada. Revelando tristeza, soltou a mão de Dennis.

— O acidente deve ter afetado sua capacidade de falar. Mas você entende o que eu digo?

Não obteve como resposta nem um mínimo aceno com a cabeça.

— Não entende. Vou dar um jeito de levá-lo para dentro de casa — o jovem falava e fazia gestos. — Espere aqui. Daqui a pouco eu volto para buscá-lo. Fique aqui. Olha, tome um pão.

Dennis retirou o alimento de sua mochila e ofereceu-o ao forasteiro, que não esboçou reação alguma. O jovem então deu uma mordida no pão.

— Veja. Para comer. Pega.

O visitante, desconfiado, aceitou a oferta. O pão ainda passou por uma demorada análise visual e olfativa antes de começar a ser consumido por aquela pequena boca de dentes igualmente diminutos.

— Isso. Fique aqui. Eu volto logo.

A Aeronáutica já estava desanimada. Naquele momento a instituição possuía na fazenda apenas dois de seus quadros, Renê Amarante e Níveo Peralta, que mantinham seu hábito de rondar a área durante o dia e dormir à noite nas cidades vizinhas. Os outros agentes retornaram às suas respectivas bases ou foram distribuídos num círculo mais amplo de rastreamento.

Dennis sabia que não poderia esperar a noite e a partida dos oficiais para levar o forasteiro para dentro de casa. Quem garantiria que o mudo fugitivo não deixaria a margem do córrego e desapareceria novamente? Enquanto percorria rapidamente os cerca de oitocentos metros que separavam o riacho da sede da fazenda, o estudante urdia um plano para afastar os militares tanto da casa quanto do curso d'água.

A meio caminho viu que o avô e alguns peões saíam para buscar o gado. Sabia que Juraci não estava entre eles, pois fora encarregado de fazer alguns reparos no curral, onde não o encontrou. Rumou então para sua casa.

Lá, ele fazia uma pausa no serviço. Uma pausa regada a café.

— Vai chuvê, muié! — admirou-se o peão. — Uai, Dennis, pur que a honra da sua visita?

— É — confirmou Das Dores, mulher de Juraci. — Ocê num custuma vim aqui, patrãozinho.

— Eu não sou patrão nem patrãozinho, Das Dores. Eu vim pedir...

— Ô, Dasdor, o seu Prudente mi falô qui o Dennis é o aluno mais sabido da iscola dele. O hômi só tira déis, déis, déis...

— Ara, Dennis, dêxa pro zotro tamém, sô.

— Juraci, eu queria que você...

— O Dennis tá pra fazê dezesseis ano e sabe mais qui muito dotô.

— Por favor, Juraci, eu...

— O seu Prudente tem muito orgulho de...

— É mió ocê dexá o minino falá, Juraci. Ói cumeque ele tá afrito.

— Ara, intão fala, sô.

— É o seguinte, Juraci. Eu quero que você cometa um crime ecológico.

— Ave Maria, credo e cruz, Dennis. Ocê qué que eu mate arguém, róbe? Que isso, Dennis? Eu sô um hômi de bem. Ocê deve tê ouvido falá das história sobre meu pai, só pode sê. Zecão Firmino, o *Diabo da Chapada*, cunhicido em muitos istado. Ele, sim, matava pur dinhero. A profissão dele era de matadô. Eu, não, Dennis. Eu tenho dó de matá até cobra, qui é bicho marvado, memo seno criatura de Deus. Num mato mais é nem...

— Calma, Juraci. Não quero que mate ninguém. Presta atenção: só quero um favor seu. Pega a motosserra e derruba um tronco grosso, pesado. Tem de ser uma árvore lá para os lados da divisa com o seu Joaquim, entendeu?

— Olha, Dennis, bem qui eu fazia esse favô procê com a maió das sastifação, mais é qui o seu Prudente num gosta qui fica dirrubano arve anssim à toa, não.

— Pode deixar que eu assumo toda a responsabilidade. Só preciso que você chame o Renê e o Níveo para te ajudar na tarefa. Diz pra eles que todo mundo está ocupado, que é só uma ajuda excepcional, quer dizer, é só hoje e nunca mais, entendeu?

— Num sei... Mais pra que isso, Dennis?

— Depois você vai saber. Confie em mim, por favor, Juraci. Eu nunca te deixei na mão, deixei?

— Não... Mais esse negócio de minti... Num sei... Adispois o seu Prudente vai...

— Ele vai estranhar no início, mas depois vai entender. Não se preocupe. Não vai ter problema algum. Agora vai lá, pega a motosserra, a caminhonete, o Renê, que está na varanda, e o Níveo, que está rondando por aí. Depressa, Juraci.

— Tá bão, mais... Ah, tem o sirviço no curral qui num pode isperá.

— Deixa pra amanhã. Estou te dizendo que meu avô vai entender.

O relutante peão torceu e retorceu seu espesso bigode, mas acabou apanhando seu chapéu e saindo em busca da motosserra. Dennis ficou na casa a acompanhá-lo com os olhos. Só sairia dali quando Juraci e os militares sumissem de sua vista. Sua vigília foi interrompida apenas uma vez.

— Dennis, meu fio — disse Das Dores. — Ocê pode sê um minino muuuuuito do sabido, um dotozinho, mais essa mintirada, esse negócio de iscondê as coisa é muito feio. As pessoa simpres dá mais valô pra quem é burro, humirde, mais qui é tamém honesto e sincero. Agora, num sei cumeque é as coisa lá na capitar.

— Na capital é a mesma coisa: dá-se mais valor aos simplórios humildes e honestos que aos sábios hipócritas e de mau caráter. O problema é que é mais fácil encontrar pessoas ao mesmo tempo estúpidas, hipócritas e de mau caráter.

Em vinte minutos a caminhonete partira. Qualquer dia Dennis agradeceria aos militares por sua boa vontade. De imediato partiu para onde havia deixado seu mais novo conhecido. E se perguntava se ele ainda estava lá.

Logo sua dúvida se desfez. Deitado sobre a relva, olhos fixos no céu, o forasteiro, como combinado, esperava. Ele entendera a linguagem dos gestos, por isso Dennis se permitiu um sorriso. Com cautela, outra vez com as mãos levantadas, aproximou-se dele.

— É hora de ir, amigo. Venha. Venha comigo.

Antes de atender aos gestos de Dennis, o forasteiro percorreu com os olhos todos os cantos que sua vista alcançava. Só então se colocou ao lado de seu jovem protetor. Caminhava com hesitação. Visivelmente continha sua velocidade natural com o objetivo de adaptar-se à de Dennis. Enquanto este apressava o passo ao máximo.

Ambos detiveram-se assim que ouviram gritos agudos, que ficavam cada vez mais altos. Crianças aproximavam-se. Entreolharam-se e, de súbito, o forasteiro tomou impulso e deu um salto espetacular. Por um instante Dennis pensou que todo o seu trabalho havia sido em vão. Mas não. Seu companheiro pulara para o alto de uma velha mangueira. Apesar de haver pousado num grosso tronco, muitas mangas, inclusive verdes, caíram.

Sozinho e tenso, Dennis recepcionou Juninho e sua irmã, Neuza.

— Dennis — choramingou Neuza. — O Junin me bateu.

— Coisa feia, Juninho. Agora vão pra casa. Sintam só. Tô sentindo o cheiro da janta da sua mãe. Corram, senão ficam sem.

— Bate nele, Dennis.

— Ela dirrubô a ponte queu fizo. Tinha qui apanhá.

O estudante já se exasperava. Precisava tomar uma medida drástica.

— Olha — enfiou a mão no bolso e retirou sua carteira. — Um real pra cada um. Pra vocês gastarem na cidade. E mais um pro Laurinho. Vão levar pra ele, vão. Isso, corre, corre. Ufa. Felizmente o ser humano é capitalista de nascença. Ou infelizmente? Neste caso, viva o capital! Pode descer, amigo.

O forasteiro pulou de dez metros de altura como se tal feito não fosse nada. O chão tremeu com o impacto.

— Puxa vida. Do que você é feito? Se não o visse tomar água e comer pão, diria que você é uma máquina. Vamos rápido que meu avô já deve estar voltando com o gado.

Poucos metros adiante, porém, o forasteiro reduziu o passo. Colocou a mão na cabeça e cambaleou.

— Que foi, amigo? Está tonto? Sequela do acidente, só pode ser.

Sentou-se no chão por quase meio minuto, até que se levantou com firmeza e prosseguiu a caminhada normalmente. A casa já estava logo à frente. Dennis gesticulou para que o forasteiro esperasse enquanto sondava o terreno. Seu avô, os peões e os animais já despontavam no horizonte e tomavam o rumo dos currais. Nem sinal de Juraci e dos agentes. Dentro de casa, provavelmente apenas sua avó e uma ajudante. Olhou pela janela da sala. Vazia. Elas deviam estar na cozinha. Voltou e buscou seu "amigo", que por pouco não acerta o portal com a cabeça. Não se sabe quem ou o que sairia perdendo mais.

— Devagar agora. Tem um quarto vago lá em cima.

Pé ante pé, atingiram seu destino.

— Fique aqui. Você vai ficar bem. Eu vou resolver a situação — disse, deixando transparecer excesso de confiança.

Saiu e fechou a porta sem trancar. De que adiantaria trancafiar uma criatura que poderia saltar pela janela como se estivesse pulando uma corda jogada no chão?

Foi apenas depois de fechar a porta que Dennis pôde parar para pensar na dimensão do que havia feito, do que se passara com ele. Trouxera um ser que não nascera na Terra para dentro da casa de seu avô. Riu do aparente absurdo da situação, de seu aspecto de sonho. O êxtase desapareceu assim que lhe veio à mente uma onda de pensamentos sobre o futuro. Como proceder daquele momento em diante? Como seus avós reagiriam? Esconder ou não esconder o alienígena do resto do mundo? Seria muito para qualquer cabeça adolescente. Acontece que o precoce Dennis não carregava uma cabeça adolescente qualquer. Refugiou-se em seu quarto e tratou de arquitetar uma nova estratégia.

Prudente chegou faminto. Como sempre.

— Benzoca! — gritou. — O que nós temos pra jantar?

— O de sempre serve? — disse Matilde.

— O seu "de sempre" é superior a cada novidade francesa. Mas eu não vi a caminhonete lá fora. Será que...

— O Juraci pegou. Disse que tinha um serviço urgente.

— Serviço? E os enxeridos, já foram?

— Tão com o Juraci.

— Coisa esquisita. E o Dennis? Já chamou pra jantar?

— Nem sei onde tá esse menino.

Do silêncio de seu quarto Dennis ouviu quando Juraci, acompanhado dos dois militares, entrou para devolver as chaves.

— Que serviço era esse, Juraci?

— Uai, seu Prudente, é pra terminá de arrumá o currar. Foi só uma maderinha à toa.

— Madeirinha à toa? — questionou o tenente Renê. — Então aquela tora é seu conceito de madeirinha à toa? Esfolei as mãos, suei aos cântaros e quase sofri um ataque cardíaco. Imagine quando você nos chamar para retirar uma madeira de respeito.

— Aí a gente tem que levar os caixões junto — emendou o sargento Níveo.

— Amanhã a gente vê isso — concluiu Prudente, ainda sem entender.

Os militares recusaram gentilmente a oferta de ficar para o jantar e foram embora. Juraci aproveitou a oportunidade para esgueirar-se para fora da casa do patrão.

— Pur que qui eu dexei o Dennis me ingambelá desse jeito? — resmungava o peão enquanto dirigia-se para sua casa. — Aquele muleque tem parte cum o demo, ara, se tem.

Mais alguns minutos de espera e Dennis considerou que o caminho estava livre para que pudesse colocar seu plano em prática. Deixou seu quarto, postou-se no alto da escada e disse a seus avós, que, embaixo, assistiam a uma telenovela:

— *Lady and gentleman*, gostaria de apresentar-lhes... — fez uma pausa para ir até o quarto onde estava o forasteiro. Segurando seu braço, trouxe-o para fora — o meu amigo de Praga, o grande jogador de vôlei da República Tcheca, que veio passar as férias no Brasil, Ernst Tchapek. Vamos descer, Ernst.

Matilde e Prudente entreolharam-se e nada conseguiram falar até que a extraordinária dupla descesse a escada.

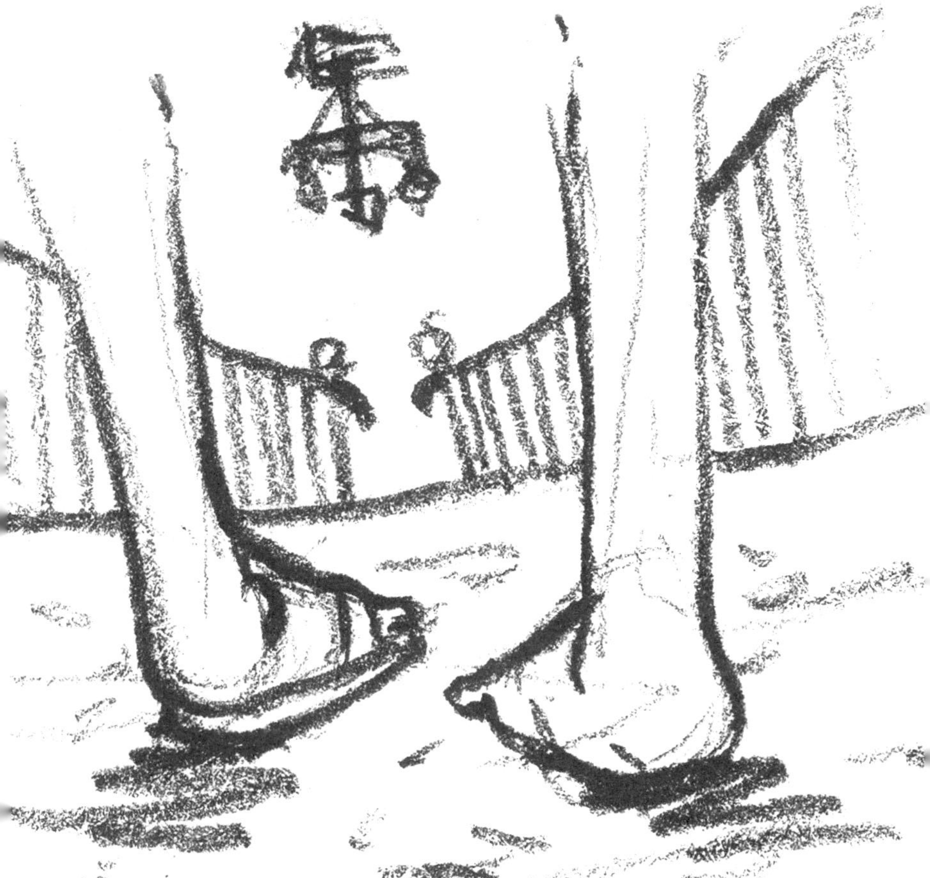

“Ernst Tchapek”, sentado à mesa da família Campelo, experimentava com avidez os produtos da cozinha de Matilde, enquanto Dennis se explicava com os avós.

— Você está me dizendo que esse aí é o homem do espaço?

— Exatamente, vô. Agora, viram como jogando os cabelos dele sobre a testa ele fica parecido com um estrangeiro, um europeu em especial?

— Ainda não sei se isto está certo, filho...

— Era a coisa mais certa a fazer. Nas mãos do governo ele seria uma cobaia viva, seria praticamente torturado. Ele é um ser inteligente, logo as coisas não lhe podem ser impostas. Não pode ser levado pelos militares como se fosse um criminoso. Acho que podemos saber mais sobre ele e sobre sua gente tratando-o como um igual, como um hóspede. No tempo certo, com a autorização dele, é claro, poderíamos apresentá-lo ao mundo. Até lá seria melhor tratá-lo como um tcheco que veio passar férias conosco. Todos sabem que eu estive na República Tcheca. Era uma visita de turismo, mas para todos os efeitos, tive tempo de fazer amizade com um tcheco. Com um jogador de vôlei de dois metros e pouco.

— Ele não fala? — perguntou Matilde.

— Acho que sim, vó. Mas presumo que o acidente tenha afetado seu cérebro. Eu queria que o dr. Conrado viesse aqui.

— Como é mesmo o nome que você inventou? Er... Erst...

— Ernst Tchapek. Mas pode chamá-lo por suas iniciais: ET. Ou, para aportuguesar a coisa, Ernesto. Etê, para os íntimos. Então... Vamos escondê-lo aqui por uns tempos?

— Bem... Tá certo, Dennis. O que a gente não faz por você? O que você me diz, benzoca?

— É, acho que alguém tem que proteger ele — afirmou Matilde, maternalmente. — Só não sei se vai sobrar comida pra nós.

— O que ele come é coisa de outro mundo — brincou Prudente.

— Beleza. Obrigado, vô, obrigado, vó. Agora nós temos que manter o maior sigilo. O Renê e o Níveo, principalmente, não podem saber de nada.

Prudente ligou para Conrado e perguntou-lhe se podia vir dar "uma olhadinha" numa pessoa. Sem mais detalhes, pois podiam estar monitorando os telefonemas. Combinaram para a manhã seguinte. Dennis queria que o médico viesse naquela mesma noite, mas o bom senso do avô falou mais alto.

Mais tarde Etê foi conduzido ao seu quarto, para onde Dennis levou um atlas. Mostrava ao hóspede desenhos do Sistema solar, da Via Láctea, na esperança de que algo em sua memória fosse despertado. Mas aquele livro não despertava nele nem um décimo do entusiasmo que lhe provocara o prato de comida.

— Etê, meu velho, será que você vai reaver sua mente? Tinha tanto para te perguntar. E para te contar, por que não? — fez uma pausa. — Tava pensando, Etê... Você precisa renovar seu guarda-roupa. Quando o pessoal da Aeronáutica for embora você vai ter de se misturar com a população. Agora, encontrar roupa para o seu tamanho é que vai ser difícil.

A madrugada cobria a casa com seu manto de silêncio. Dennis não conseguia dormir. Ainda não havia digerido o que acontecera. Agora que o que parecia ser o maior problema fora resolvido, ou seja, encontrar o alienígena sobrevivente, uma série de questões o atormentava. O que eles vieram fazer aqui? Qual sua missão? De onde vieram? Seriam pacíficas ou não suas intenções? Seria definitiva ou temporária a aparente amnésia de Etê? Um ruído medonho oriundo do quarto vizinho interrompeu as conjecturas de Dennis, que imediatamente para lá correu para encontrar Etê sentado na cama e o chão todo sujo.

— Vomitou o jantar da vovó, Etê? Isto é uma ofensa pessoal. Já entendi. Seu estômago não está acostumado com nossa comida, não é mesmo? Deita aí e não se preocupe. Eu limpo a sujeira.

A manhã enchia de sol os poços, o dorso dos animais, a copa das árvores, pontilhando a fazenda de reflexos esparsos. O dr. Conrado chegou de bom humor e exalando tranquilidade. Isso porque não sabia o que o esperava.

— Bom dia, Prudente. Quem é o paciente? Gostou da rima? Uma pessoa eu sei que não é: Dennis. Aquele rapaz parece ser imune a tudo.

— Tem razão, não é ele. Vem comigo, Conrado.

— Não vai me dizer que é a Matilde de novo — dizia enquanto subia a escada. — Disse pra ela não descuidar da press...

O médico ficou paralisado ao vislumbrar seu paciente sentado com as costas apoiadas na cabeceira da cama.

— Quer que chame um médico para o senhor, doutor? — sorriu Dennis.

Enquanto fazia os exames, Conrado foi inteirado da história.

— Agora, eu solicito que vocês se retirem, pois será necessário que o paciente tire a roupa e não seria ético se...

— Já entendemos, Conrado — atalhou Prudente.

Pouco depois a porta era reaberta. Ansiosos, avô e neto entraram rapidamente, como se quisessem notícias de um parente muito próximo.

— Olha, gente, o... E..., o Ernesto não apresenta nenhum dano aparente. Sem hematomas, sem fraturas. Anatomicamente, sem olhar mais de perto, ele pode se passar por um humano. Mas apresenta aquelas características que notei no cadáver de seu companheiro: uma pele grossa, resistente; uma densidade a toda prova; a testa altíssima, um crânio inflado, que deve guardar um cérebro mais volumoso que a média humana.

— Como assim... denso? — indagou Prudente.

— Bom, ele é ultrapesado. Seus ossos, seus músculos, até sua pele... Tudo com um peso anormal. Para os nossos padrões, obviamente.

— Ele parece ter perdido a memória, doutor.

— Meu palpite, Dennis, é que, como costuma acontecer nos acidentes de trânsito, seu cérebro deve ter se chocado com a parede do crânio devido à repentina desaceleração. Como o restante de sua anatomia é similar à humana, seu cérebro deve apresentar semelhanças com o nosso. Assim sendo, as áreas responsáveis pela fala e pela memória devem ter sido atingidas.

— Ou talvez somente a da memória. O que ele pode ter esquecido é a língua que falava.

— Não sei... Na espécie humana...

— O que falta para ele ser considerado humano?

— A questão não seria essa: teria ele algo a mais que o torna mais que humano? Como ia dizendo, entre nós é difícil que um traumatismo dessa natureza nos retire a capacidade linguística. Geralmente não é apagada toda a memória, mas parte dela. Mas neste caso... Nem sei como agir. O primeiro passo seria um raio X, um exame de ressonância magnética. Ele pode ter um simples coágulo ou um dano permanente.

— Ele tem de fazer uma ressonância. Temos de dar um jeito de levá-lo para Brasília. É o centro mais próximo.

— Dennis, meu filho, como vamos fazer um negócio desses? Primeiro temos de passar pelos enxeridos; depois, procurar um hospital com enfermeiras e médicos especializados em extraterrestres. Conhece algum?

— Dr. Conrado, o senhor deve ter amigos médicos em Brasília, não?

— Meu filho tem uma clínica toda equipada lá. Ele é neurologista.

— Ótimo, ótimo. O senhor poderia prescrever um pedido de exame para o Etê? Ou melhor, para o jogador de vôlei tcheco Ernst Tchapek, que está em férias no Brasil?

— Eu poderia, mas...

— Ótimo. Então está resolvido. Diga a seu filho que o Etê sofreu um acidente de trânsito em Alto Paraíso, que ele estava de cinto, mas que o cérebro deve ter sofrido algum dano, sabe como é que é. Vamos dar um jeito de levá-lo escondido e...

— Dennis, Dennis...

— O que o senhor prefere fazer, vô? Deixá-lo definhar por falta de socorro médico em tempo hábil?

— É, parece que não tem outro jeito.

— Não tem, não. Temos que arranjar roupas, roupas humanas para ele. Vamos mandar fazer, se preciso.

— Esse seu neto é hiperativo, Prudente. Uma hora queima o fusível. Quanto à alimentação do nosso amigo, recomendo uma dieta leve e moderada. Vamos deixar ele se acostumar com nossa comida. Mas devo avisar que meu filho certamente vai estranhar a compleição física e o cérebro do rapaz.

— É um risco que obrigatoriamente teremos de correr.

Os dias seguintes foram de preparo para, de acordo com Dennis, a “operação Etê”. Em Alto Paraíso o estudante comprou quatro das maiores camisas que encontrou. Como não tinha certeza de que as calças prontas serviriam, adquiriu tecidos para que sua avó confeccionasse tais peças do vestuário. Ao sapateiro da cidade Dennis pagou a mais para que fosse feito em curtíssimo tempo um sapato tamanho 53. Dessa forma o dinheiro que lhe fora dado por seu pai diluiu-se até o último mísero centavo.

— Ainda bem que a gente não precisou gastar dinheiro com gilete, creme e pincel de barba — declarou Matilde. — Não repararam que a barba dele não cresce?

— É mesmo, benzoca. Ele quase não tem pelo no corpo. Mas o Conrado atestou que o camarada é homem. Um pouco abaixo da média, mas homem.

Faltavam dez dias para o final das férias. Chegara o momento de levar Etê para fazer o exame. Ele já estava melhor, já sorria para seus protetores. Mas ainda não se livrara completamente da tontura, que algumas vezes vinha acompanhada de náuseas e vômitos.

Dennis observou as cercanias da casa. Não vendo ninguém num raio de cem metros, levou Etê para baixo.

— Que elegância, meu Deus — empolgou-se Prudente ao ver o forasteiro com roupas terráqueas. — Você vai balançar os corações das candangas, Etê. Olha, o Juraci está chegando. Conhece o Ernesto, Juraci?

— Ainda num tive o prazê, não, sinhô. Prazê. Juraci, seu criado.

Apertaram-se as mãos.

— Ui. Ele é magrelo mais é forte, sô. Ele é mudo, seu Prudente?

— Não, não. É que ele não fala português. É um amigo estrangeiro do meu neto. Chegou de madrugada. De táxi. Você estava dormindo. Aliás, ele quase não chegou. Sofreu um pequeno acidente que o deixou meio tonto.

— Intão, Dennis, tá pronto? Vamos carcá fora pra Brasília?

— Vamos. Ah, o Ernesto vai conosco. Ele quer conhecer melhor nossa capital e vai aproveitar pra fazer uns examezinhos.

Dennis e seu avô trocaram uma cúmplice piscadela. Etê passara no primeiro teste. Juraci engolira facilmente a história do "estrangeiro em férias".

— Tem uma coisa, Juraci. Meu amigo não dormiu esta noite. Vamos colocar este colchão na carroceria. Ele vai dormindo debaixo da lona.

— Mais ele vai cunzinhá lá imbaxo cum esse calorão todo.

— Que nada. Ele é resistente. É atleta na República Tcheca.

— Ah, bão... Uma coisa que inda num intendo é pur que comprá em Brasília mais sela, mais arreio, se a nossa traia inda tá mêi nova. E se é pra comprá uns trem novo, pur que num comprá em Alto Paraíso, qui tem muita coisa boa.

— Qualidade e preço baixo nós encontramos na capital, Juraci.

— Bestera! Isso é vontade de gastá, isso sim. Mais o patrão mandô, eu tem mais é qui obedecê, né? Pur falá em trem isquisito, até hoje ocê nunca me ispricô aquele negócio de levá os hômi pra cortá arve.

— Não te disse que um dia eu explicaria? Pois acho que esse dia está chegando. Paciência, Juraci. Suba aí, Etê. E fique imóvel como um tronco.

O veículo ultrapassou a primeira porteira e Dennis pôde suspirar aliviado, afinal os militares não estavam por perto. Não queria dar explicação. Estava farto de mentir. E evidentemente não queria correr o risco de que descobrissem sua preciosa "mercadoria". Mas não dizem que o que é bom dura pouco? Na última porteira antes de atingir a rodovia principal, o tenente Renê fez sinal para que Juraci parasse. Ao seu lado, o soturno sargento Níveo.

— Como estão, rapazes? Queria um favor de vocês. Poderiam me trazer um daqueles doces de leite maravilhosos da dona Elvira, aquela lá perto da farmácia?

— Não estamos indo para Alto Paraíso — avisou Dennis.

Enquanto conversavam, Níveo passava os olhos pela carroceria do automóvel, movimento que não passou despercebido por Dennis. Tenso, o estudante temia que o agente levantasse a lona. Consciente de sua situação, Etê não se movia um milímetro. Já do lado direito do veículo, Níveo parou. Os olhos na lona.

— Vão a Brasília só para fazer compras? — disse Renê. — Bem, cada um gasta seu dinheiro como quer, não é mesmo? E o que vocês estão levando?

— Ah, aí atráis tá o... Uuh!

Um discreto chute de Dennis na canela conseguiu calar Juraci. Naquele instante, Níveo levava a mão para levantar a lona.

— Lá atrás vai uma carne contaminada — disse Dennis, em voz alta, para que o curioso agente ouvisse. — Já matou dois vizinhos nossos. Vamos levar para o ministério em Brasília. É carne estragada.

Sua resposta inventada em função do desespero atingiu seus propósitos. Níveo rapidamente tirou a mão, que já tocara a lona.

— Então boa viagem a vocês — declarou Renê.

— Espero que tenham colocado gelo — emendou Níveo.

Os viajantes já haviam se afastado e alcançado a rodovia quando conseguiram interromper o silêncio.

— Pra que minti numa coisa dessa, Dennis? Ai, minha canela deve tá roxa. Agora deu pra minti toda hora, rapais?

— Tive meus motivos, Juraci. Um dia você vai entender.

Dennis temia a reação de Juraci ao saber quem era seu passageiro. Por isso não lhe contou antes. Estranhava que ele nem desconfiasse, pois seu filho fora o primeiro a avistar o alienígena, apesar de ter-lhe fornecido uma descrição insuficiente. Como reagiria Juraci? Talvez o peão nem aceitasse dirigir o veículo se soubesse o que carregava. Evidentemente também não lhe contaria em plena viagem. E se Juraci se recusasse a prosseguir? E se perdesse o controle da direção?

Depois de alguns quilômetros rodados, Dennis pediu que parassem um pouco para que Etê fosse transferido para a cabine.

— Entre, Etê, entre. Cuidado com a cabeça. Ufa. Fomos salvos pelo nível de ignorância dos agentes. Nível de ignorância ou ignorância de Níveo? — disse ao seu gigantesco amigo, enquanto Juraci dobrava e guardava a lona lá fora.

Ainda era manhã quando, sob os olhares curiosos dos funcionários e dos pacientes, o trio chegou à clínica de Erasmo Fortes, um educado neurologista de pouco mais de trinta anos, cuja única semelhança com seu pai residia na grossura das lentes de seus óculos.

— Meu pai me avisou que eu receberia um cliente extraordinário, mas não esperava que fosse tanto. Muito prazer, senhor Tchapek, bem-vindo ao nosso país. Que fatalidade. Veio de tão longe para sofrer um acidente em Alto Paraíso... Meu pai me alertou sobre essa sua compleição física e essa pele. Problemas genéticos, hein?

— Ah, ele disse isso? — estranhou Dennis.

— Então temos um caso de amnésia total? Fantástico. Muitos pesquisadores afirmam que a capacidade linguística nasce com a pessoa. Perder a capacidade de entender e articular palavras faladas e/ou escritas equivaleria, portanto, a esquecer como respirar, comer... Obviamente, há quem perca a capacidade de falar devido a danos na área do cérebro responsável por essa habilidade. Então vamos ver logo o que há nessa cabeça.

Como os resultados sairiam somente à tarde, o médico os levou para almoçar em sua casa. Seu filho de dois anos chorou ao ver Etê, mas logo se acostumou à sua presença. Depois resolveram rodar por Brasília.

— Veja, Etê, a Praça dos Três Poderes. Executivo, Legislativo e Judiciário. Aqui se decide o destino do país.

— Vamo mostrá a cadeia do tamanho duma cidade pra ele, Dennis.

— Cadeia do tamanho de uma cidade? Que história é essa, Juraci?

— Uai, o seu Prudente disse qui aqui tinha uma cadeia mais maió que Arto Paraíso só pra guardá os pulítico ladrão.

— Isso é mais um desejo dele do que a realidade.

— Humm... Mais ocê num vai sortá o Arnesto pra vê as coisa mais de perto, não?

O estudante não queria correr o risco de que vissem Etê, afinal o Ministério da Aeronáutica estava bem ali do lado.

— Não, não, temos de voltar à clínica. Quem sabe outro dia.

Um alterado Erasmo acolheu-os em sua sala.

— Nunca vi nada parecido, Dennis. O cérebro do Ernst é diferente de tudo o que há na natureza. Seu crânio é dilatado, mas não se pode falar em hidrocefalia. Vejam só — dizia o médico, mostrando as chapas —, estas áreas são responsáveis pela memória, pelo raciocínio, estas pela locomoção, aqui se encontram as emoções. Todas elas bem mais desenvolvidas que o normal. É incrível. Um caso único. Eu...

— E quanto à amnésia, doutor?

— Ah, sim... A amnésia... Olha, ele tem um pequeno hematoma aqui, nesta região. Normalmente, quer dizer, para pessoas normais, não representaria um problema maior. Com alguns medicamentos, o hematoma desapareceria e os sintomas idem. Se o problema não sumisse, aí, sim, seria necessária uma cirurgia. Logo, este não deveria ser um caso para perda total de memória. Em se tratando de um caso excepcional como o do Ernst, no entanto, o procedimento talvez seja outro. De qualquer forma vou passar alguns remédios para ele. Daqui a quinze dias vocês o trazem de volta.

— Quinze dias? E se...

— Se qualquer coisa acontecer antes disso, ele deve ser trazido imediatamente. Acho até que seria melhor deixá-lo aqui sob observação.

— Internado?

— É. Por que não?

— Porque não haveria alguém conhecido para ficar com ele. Minhas aulas vão começar logo, os outros trabalham e...

— Sei, sei. Mas se os sintomas persistirem por mais uma semana, ou se ele sofrer convulsões ou outras coisas estranhas, tragam-no o mais rápido possível. Aí não teria como escapar de uma cirurgia. É um caso sensacional. Meu pai pediu, exigiu sigilo total, mas trata-se talvez de uma nova anomalia genética. A comunidade científica precisa ser informada...

— De jeito nenhum, doutor.

— Por que tanto segredo? Poderíamos omitir o nome dele e...

— Não. Nós... hã... falamos com a família dele em Praga e eles pediram para manter tudo na surdina. O Et... hã... o Ernst é muito famoso na República Tcheca. Eles... eles querem resguardar sua imagem. Acho que é um direito que eles têm.

— Sem dúvida, sem dúvida. E se eu entrasse em contato com eles diretamente?

— Bom... Não sei. Não estou com o endereço deles comigo. São nomes muito complicados de guardar. Nem decorei o telefone. Eu posso mandar para você mais tarde. Que tal?

— Faça isso, faça isso.

— Mas, por favor, até falar com os pais dele mantenha sigilo absoluto. Assim você fará seu pai feliz.

— Não se preocupe, não se preocupe.

Dennis deixara a clínica arrasado. Mentiras, mentiras e mais mentiras. Já estava farto delas. Sentia-se mal por ter de recorrer a tal recurso. Para combater o inevitável remorso, martelava constantemente em sua própria cabeça a justificativa de que aquele expediente era necessário para proteger a vida de Etê. Ou no mínimo sua integridade física. Não via a hora em que não seria mais preciso faltar com a verdade. Nunca mentira tanto em sua vida inteira como o fizera naqueles últimos dias.

Chegaram à noite à fazenda, quando os militares já haviam partido. Enjoado pelo balanço do automóvel, Etê devolveu ao mundo o pequeno lanche que fizera ao deixar Brasília, da qual quase partiram sem adquirir as selas pelas quais os agentes poderiam perguntar no dia seguinte.

Pelos quatro dias seguintes, Etê era a mesma pálida e muda criatura de sempre. Mas suas tonturas foram diminuindo até desaparecerem por completo no quinto dia. O mesmo auspicioso dia em que Dennis lia a *História da Guerra do Peloponeso*, de Tucídides, no quarto de seu desmemoriado amigo. Estava mergulhado na Grécia clássica quando ouviu um som gutural, quase sussurrado.

— Dennis...

— Sim? — respondeu, distraído. — O quê? Etê, você falou?

— Dennis... amigo.

Transbordando alegria, Dennis teve de lutar para conter a ânsia de sair correndo pela casa para alardear a novidade. Os militares podiam escutar. O estudante conteve-se. A razão venceu.

Logo a casa estava parecendo que abrigava uma daquelas famílias cujo bebê acabou de proferir a primeira palavra inteligível. Etê sorria àqueles que demonstravam contentamento com seus feitos vocais.

— Acho que ele não vai precisar da operação — arriscou Dennis.

Mais três dias e o jovem foi surpreendido em seu quarto quando se preparava para levantar pela manhã.

— Dennis — disse Etê, parado na porta, com uma voz segura, suave, em tom muito baixo. — Quase não dormi. Dúvidas demais. Responda, Dennis: quem sou eu?

O cérebro do rapaz entrou em alvoroço. O que responder? A pura verdade? Ou deveria continuar naufragando no lodoso mar de mentiras que vinha se formando havia tantos dias? Poderia dizer a Etê que ele era piloto de um avião que caíra na fazenda e que não trazia nenhum documento que pudesse identificá-lo para que seus parentes pudessem ser contatados; que ninguém, pelo que se sabia, fora aos meios de comunicação para anunciar seu desaparecimento. Mas não. Chega de mentiras.

— Venha cá, Etê. Sente-se aqui. Olha, meu amigo, nós também não sabemos quem você é. Vou te contar o que sabemos.

Etê soube então da queda da nave, da morte do outro tripulante e da chegada da Aeronáutica. Dennis não disse apenas aquilo sobre o que tinha certeza, mas não podia provar: seu amigo não era deste mundo. Como ficaria a convalescente cabeça de Etê sabendo-se uma criatura perdida num planeta estranho? Melhor então confessar uma total ignorância sobre sua origem. Um pensamento causou-lhe um leve sorriso. Percebeu que viviam um drama inverso ao usual dos filmes e livros de ficção científica, nos quais os extraterrestres costumavam infiltrar-se na população, quase sempre com más intenções. O "homem do espaço" se passava por humano e ninguém sabia. Já Etê pensava ser humano, diferentemente do que acreditavam aqueles que o cercavam.

— A primeira coisa de que me lembro é do mato, do capim alto, de uma caverna, dos frutos, da água. Depois o susto que umas crianças me deram. Depois você.

— Incrível sua repentina fluidez gramatical. Enquanto não podia falar você ia armazenando conhecimentos da língua, não é isso? Você estava lúcido, desmemoriado, mas atento. E agora, com o tempo e os remédios, seu cérebro fez com que você soltasse a voz. Fica faltando somente a memória.

— A sensação é de impotência. E de incompetência. É uma situação estranha, de eterno mal-estar. Parece que antes do acidente eu vivia o inverno da campanha de minha vida.

— "Inverno da campanha de sua vida?" O que você quer dizer, Etê?

— Certa noite eu ouvi você falar com seu avô sobre uma passagem de um certo livro que informava que os gregos guerreavam entre si e levantavam cercos e colocavam suas frotas em frente à dos inimigos durante o verão. Quando o inverno chegava, cada qual partia para sua casa. As campanhas cessavam no frio para serem retomadas quando do retorno do calor. Então você perguntou ao seu avô o que os guerreiros faziam no inverno.

— Maravilha. Você estava ligado à nossa discussão sobre Tucídides.

— O que eu fazia no inverno da minha vida? Era piloto de aviões em teste? Fugia de algo ou de alguém? Para onde ia? De onde vinha? De que cidade? De que nação? Tenho medo de acrescentar: de que mundo?

— Você vai se lembrar, tenho certeza. E eu queria estar aqui para acompanhar sua recuperação. Mas tenho de ir amanhã. Semana que vem começam as aulas. Por falar em aulas... Você precisa aprender a ler, Etê. Meus avós, e mesmo a professora da escola rural, podem ensiná-lo. Com sua inteligência, vai ser a maior moleza. Assim você vai poder devorar todos os livros da biblioteca do meu avô. Em julho eu estarei de volta. Certamente você estará sabendo mais que eu. Isso vai estimular seu cérebro. Já vi umas reportagens a respeito do cérebro, de doenças degenerativas, que falam mais ou menos isso. Quanto mais equipado intelectualmente, mais sadio é o cérebro. Sua cabeça vai trabalhar mais e quem sabe sua memória não volta naturalmente.

— Parece uma boa ideia, Dennis.

Prudente e Matilde concordaram com o neto. Eles mesmos se dispuseram a iniciar a educação básica do hóspede. Mesmo porque não seria aconselhável introduzir um gigante louro no meio de crianças de seis, sete, oito anos. Em caso de dúvida, buscariam o auxílio da jovem professora Nilza.

A bela tarde do dia seguinte contrastava com os nebulosos olhos dos protagonistas da cena de despedida. Mais de dois meses depois de iniciadas suas mais agitadas férias, Dennis tinha de partir.

— Olha, Etê, só mais um pouco de sacrifício. Não saia de casa. Fiquei sabendo que o pessoal da Aeronáutica vai embora logo. Então você vai sentir o calor da liberdade. Quero receber mensagens suas em breve, hein?

— Pena não ter aquela máquina com letras igual a da clínica em Brasília. Seria mais fácil.

— Computador? De que adiantaria nesse mundão sem conexão de internet ou sinal de celular? — questionou Prudente.

Lá fora, Dennis despediu-se dos trabalhadores, de Tartarus, de Juraci e sua família. E dos agentes.

— Agora com quem vou ter minhas conversas de alto nível intelectual? — brincou Renê.

— Nomeei um substituto para mim. Mas já vou avisando que ele não é de muito papo quando está almoçando sua alfafa. Adeus, Renê. Adeus, Níveo. Um bom trabalho aos dois.

Acompanhado de Matilde, Prudente levou o neto para Alto Paraíso, de onde saía o ônibus para Goiânia. Lá, já os esperava o dr. Conrado.

— Sempre pontual, hein, Prudente? Caro Dennis, acabei de falar com meu filho e de dar as boas-novas. Como as coisas vão indo bem, ele vai querer ver o Etê de novo só daqui a um mês.

— Mas só se os enxeridos tiverem ido embora.

— Certo, certo. Disse que os *pais* dele não querem divulgação.

— Ótimo. Tchau, doutor. E muitíssimo obrigado por tudo.

— Ora, eu é que agradeço pela oportunidade cósmica.

— Digam toda a verdade pro coitado do Juraci depois que o Renê e o Níveo tiverem ido. Tenho medo que ele faça alguma besteira, alguma histérica besteira e coloque tudo a perder, se souber antes. Aí ele vai entender a razão da *mintirada* toda.

— Vai com Deus, meu filho. Lembrança pro seu pai,

pra sua mãe, pros seus irmãos — disse Prudente, tentando segurar as lágrimas.

— Tchau, filhinho — disse Matilde, sem fazer questão de segurar as lágrimas. — Eu vou te escrever pra contar tudo que acontecer aqui, viu?

Normalmente Dennis apreciava as aulas, gostava de seu colégio. Mas aquela era uma época especial. Sentia uma profunda vontade de não estar ali. Ora, um visitante de fora da Terra estava na fazenda de seu avô. Um acontecimento cósmico, algo inédito, imperdível. E que ele estava perdendo. Seu alheamento ao que acontecia à sua volta não passou despercebido por seus colegas.

— Dennis, alô, alô, câmbio! — gritou-lhe Leonardo, pouco antes do início da aula. — Volta pra Terra, cara! Que que cê tem, bicho?

— Vai ver que a filha de um peão deixou ele assim — conjecturou Arthur.

— Cê traiu a Larissa, Dennis? Confesse.

— Larissa?

— Ih, o cara tá pra lá de Bagdá mesmo! Nem lembra mais da gata. Ela agora tá no segundo ano. Já se orientou?

— Ah, sim, claro. Só estava meio distraído.

— Lá vem ela, lá vem ela! — alertou Leonardo.

A garota de cabelos dourados e olhos verdes passou direto. Nem dedicou um mínimo olhar ao grupo.

— Viu, Dennis? — disse Arthur. — É nisso que dá cê não escrever nenhuma mensagem, não dar nenhum telefonema em mais de dois meses. Esqueceu do mundo, cara?

— Acho que a gente pode considerar a Larissa livre para novas experiências — afirmou Leonardo, ajeitando o cabelo e alisando as sobrancelhas. — Ela tá liberada, Dennis?

— Ah, sim, claro... — respondeu, como se houvesse despertado de um cochilo.

Sempre que chegava da aula a pergunta era a mesma.

— Alguma carta da vovó?

— Por que todo esse interesse? Já é a vigésima ou trigésima vez que você pergunta — exasperou-se sua irmã, Anita, dois anos mais velha. — Está esperando alguma coisa?

— Notícias. Aconteceram tantas coisas.

— Não parece. Até hoje você pouco falou sobre suas férias.

Com a anuência de seus avós, Dennis havia decidido não contar à família sobre o acidente ou Etê. Sabiam que os parentes se manteriam discretos, mas certamente seria criado um clima de ansiedade, de inquietação. Na primeira oportunidade correriam para a fazenda. E tudo de que Etê precisava era tranquilidade. No tempo apropriado eles conheceriam a história.

Duas semanas depois de sua volta a Goiânia, Dennis foi agraciado com a primeira carta de Matilde.

— Dennis, carta da vovó! — avisou-lhe Emmanuel, seu imprevisível e elétrico irmão de nove anos. — Deixa eu abrir...

— Não, não! Me dá aqui, Manezinho. Não se abre a correspondência dos outros.

— Mas a sua não pode?

O rapaz correu para seu quarto a fim de ler calmamente.

Querido Dennis,

Tomara que tudo esteja bem por aí. Porque aqui vai tudo tão bem que você nem vai acreditar. Primeiro quero contar que um dos enxeridos foi embora, o antipático do Níveo. Agora só está o Renê, mesmo assim ele vem tarde e vai embora cedo. Logo, logo a Aeronáutica vai chamar ele também.

Agora a melhor notícia. O Ernesto já leu aquele livro que você estava lendo. Acredite se quiser. Não foram precisos nem três dias de lição e ele já tinha aprendido o beabá, a separar sílaba, a acentuar. Vendo o nosso espanto, ele perguntou se não era assim com todo mundo. O Prudente falou pra ele que costuma levar mais tempo. Mas não muito. Isso para não deixar o rapaz mais deslocado e acabrunhado.

Ele anda escrevendo muito. Cada dia a letra dele está mais bonita. Já é melhor que a minha. Mas ele disse que quer melhorar ainda mais para escrever uma carta para você. Já se pode falar que ele mora na biblioteca. Está sempre com um dicionário. Diz que é para aumentar o vocabulário. Enquanto o Renê estiver nas redondezas ele não vai poder matar a vontade de andar pela fazenda, de conhecer o mundo. Ele fala que quer redescobrir o mundo, como se se considerasse um nativo da Terra. Será que ele é mesmo de outro planeta, Dennis?

Anteontem acabou o gás e o Prudente não estava por

perto. Nem o Juraci. Então eu e a Ritinha fomos buscar um bujão cheio na casinha. Dava para trazer fácil com cada uma segurando uma alça. Apesar de ter que andar uns quarenta metros. Só que o Ernesto estava vendo tudo pela janela do quarto dele. Sem pensar muito, ele pulou lá de cima e pediu para carregar o bujão, que ele pegou como se fosse uma caixa de isopor vazia.

Ele mesmo trocou o gás. Foi bater os olhos na mangueira, na válvula, que ele logo entendeu como é que funcionava. Aí eu falei que ele correu o risco de ser visto pelo Renê. Ele pediu desculpas, mas falou que não poderia ficar parado enquanto duas senhoras carregavam peso. Depois fui ver e ele tinha lido um romance francês daqueles antigos.

Mas não se preocupe. A Ritinha já tinha se acostumado com ele. Eu disse para ela que só um atleta como o Ernesto podia fazer uma coisa daquelas. Só pedi que ela não contasse para ninguém sobre a presença dele aqui. Ela é uma moça muito boa, embora o povo diga que ela de vez em quando solta a língua quando está com a língua lubrificada. De cachaça.

No mais está tudo bem. Seu avô estava tossindo um pouco, mas já está bom. O Ernesto não teve mais tontei-

ra, está comendo bem e é um neto para nós. O Conrado está impressionado é com o coração e a respiração dele. Disse que a pulsação dele não passa de quarenta batidas por minuto e que ele respira só umas seis ou sete vezes por minuto. Tem uma saúde melhor que muito touro premiado, o Conrado falou. Ainda sem memória, mas saudável.

O Prudente está te mandando um abraço. O Ernesto, o Juraci, o Tartarus e eu estamos todos com saudades. Lembranças a todo mundo aí. Um abraço e um beijo da avozinha

Matilde

Dennis releu a carta várias vezes antes de guardá-la bem trancada em seu armário. Alegrou-se com o progresso vertiginosamente rápido de Etê.

Arrepiou-se com o risco que o amigo correra ao saltar de sua janela. Se o vissem? Se Renê o visse? Sorriu ao relembrar a alusão da avó aos romances franceses. Como gostaria de estar lá para acompanhar tudo aquilo de perto.

Certa noite, talvez invadido pela consciência de que

existia vida além das preocupações com Etê, Dennis resolveu ligar para Larissa. Finalmente encontrara tempo e espaço em sua atribulada cabeça para pensar que, afinal, devia uma satisfação à garota que havia sido um dos focos de sua atenção durante boa parte do ano anterior. Mas foi a mãe da moça quem atendeu o telefone.

— Ah, então é o famoso Dennis, o geniozinho da escola que não tem tempo pra coitada da minha filha? Olha, pirralho, ela já gastou muita lágrima com você e agora está em outra. Pode voltar pras suas fórmulas, pros seus livros, pros seus tubos de ensaio, pra sua camisa de força. Ainda tem coragem de ligar pra cá... — e bateu o telefone.

— Hã... Tchau.

Dez dias depois de enviar uma resposta à sua avó, Dennis recebeu outra carta postada em Alto Paraíso. No envelope, por fora, estava escrito que a remetente era Matilde Campelo, mas constatou-se, depois de aberto o lacre, que quem assinava a carta era, para júbilo do destinatário, Etê. Emocionado, Dennis pôs-se a percorrer as linhas enfeitadas com uma letra firme e elegante, pequena, mas completamente legível.

Salve, Dennis, grande amigo, virtual irmão,

É com imenso prazer e inenarrável alegria que informo que foi assinada minha carta de alforria. Partiu ontem para destino incerto o tenente Renê Amarante. Segundo Prudente, o militar disse que a Aeronáutica estava literalmente esquecendo o caso, que iria adotar uma postura passiva, ou seja, de esperar pelos acontecimentos. Ótimo para mim, que pude ficar por mais que alguns minutos debaixo do sol; que pude admirar sem receio as belezas da fazenda; que poderei conhecer novas pessoas.

Prudente disse-me que revelou a Juraci que era eu quem estava no aparelho acidentado. Não sei bem a razão, mas foi depois desse fato que Juraci passou a, digamos, evitar uma maior aproximação. Seu avô também me instruiu a adotar a identidade de um jogador tcheco de vôlei. Decidi considerar-me um meio de rede, devido à minha avantajada altura. Pode notar que andei acompanhando eventos esportivos pela televisão.

Porém, algumas coisas vêm me intrigando, caro Dennis. Minha mente é como uma caçarola com uma água que nunca cessa de ferver, dominada que é por um batalhão de dúvidas. Quanto maior o volume de informa-

ções, mais indagações surgem. O saber só quer saber de saber mais.

Aqui vão alguns exemplos de minhas correntes inquietações:

1) Havia mesmo a imperiosa necessidade de esconder-me das autoridades? Teoricamente não há ninguém mais habilitado que elas para descobrir quem eu sou. Se eu for um piloto de testes da Força Aérea Brasileira, pronto: estava desfeita a confusão. Se eu estivesse em missão para um país estrangeiro, as autoridades brasileiras providenciariam minha repatriação. Apresentei essas questões a Prudente. Ele tergiversou, hesitou e disse, sem convicção, que temia que a Aeronáutica dispensasse a mim um tratamento inadequado. Foi o que ele disse, embora com outras palavras. Com muitas outras palavras, aliás. Matilde disse que eles iriam encher-me de perguntas, às quais eu não poderia responder devido ao meu lastimável estado. Disse ainda que iriam drogar-me e enfiar-me num quarto de hospital com grades. Mas por que fariam uma coisa dessas? Por eu ter sofrido um acidente? Pelo que tenho lido, as vítimas de sinistros são tratadas com uma certa complacência, são cercadas de cuidado e atenção. Pedi a Prudente que me leve ao local da queda qualquer

dia desses, agora que estamos livres de Renê. Ele limitou--se a perguntar: "Pra quê, se não tem mais nada no local, se limparam a área?". Pedi que ao menos me ensinasse a direção, pois, como já lhe disse, a primeira coisa de que me lembro não é do aparelho acidentado, nem de como deixei o lugar. Ele ficou de pensar no assunto.

2) Por que não ir à imprensa? Com a minha foto estampada nos jornais, nas revistas, na TV e em cartazes provavelmente ela seria vista por alguém que me conheceu durante o "Inverno da campanha de minha vida". Prudente replicou com a óbvia resposta de que a Aeronáutica também tomaria conhecimento das fotos e então voltaríamos à primeira dúvida. Mas eu devo ter parentes como todo mundo, ou não? Matilde afirmou que, com certeza, minha memória voltará. Dessa forma eu mesmo procurarei minha família. Mas qual o estado emocional desses supostos parentes, que não sabem se estou vivo ou morto? Não teria sido melhor permanecer mudo e naquele estado de confusão mental do que ter consciência suficiente para atentar a tais interrogações?

3) Sou só no mundo ou há outros como eu? Cada dia que passa essa pergunta toma mais conta dos meus pensamentos. Pois os dias vêm e vão e não consigo encon-

trar, nos livros ou na vida real, algo — ou alguém — que me seja similar, psíquica e fisiologicamente falando. Esta manhã mesmo eu resolvi ajudar Prudente e os rapazes com o leite que todos os dias eles levam para a cidade. Sozinho colocava com tranquilidade dois galões cheios na caminhonete. Todos se espantaram, pois muitas vezes eram necessários dois homens para carregar um galão. Prudente disse a eles que eu era atleta. Foi então que um deles declarou que conhecia jogador de futebol que não era capaz de arrancar a rolha de uma garrafa. Uma hora mais tarde eu brincava com o cachorro dos garotos de Juraci. Jogava bem longe um pedaço de madeira e o alcançava antes que o próprio animal o fizesse. Isso tudo para pasmo dos "expectadores". Juninho me perguntou se era eu quem dera um "pulão" na beira do córrego em determinada ocasião. Respondi que já pulei tanto que não me lembro de todos os meus "pulões" de forma individual.

Os exemplos acima expostos proporcionaram-me pelo menos uma conclusão. Uma, diga-se, dolorosa conclusão: vocês estão escondendo alguma coisa de mim. Um maior e não revelado aspecto da situação geral das coisas é a causa das respostas evasivas, insuficientes e proferidas em tom inseguro. Não sei exatamente o que escondem, apenas especulo. O fato é que pelo mundo afora não é corriqueiro encontrar pessoas como eu. Pelo que aprendi sobre a República Tcheca, por exemplo, os homens de lá não apresentam uma pele com a mesma textura da minha; eles não saltam até trinta metros partindo do chão; nem ficariam ilesos com a queda; não correm a cerca de noventa quilômetros por hora; não levantam um trator a um metro do chão. Como também aprendi que um tcheco, ou um europeu de modo geral, não difere cromossomicamente em nada de um africano ou de um asiático, que a pele é uma reles capa para proteger o corpo, não importa a cor. Como a igualdade entre os homens impera por baixo da pele, a conclusão a que cheguei é que não há muitos obstáculos que me impeçam de duvidar de minha humanidade.

Pesquisei em livros e enciclopédias se existe uma doença que deixe uma pessoa no meu estado. Pelo contrário, descobri por intermédio de minhas leituras que um dos maiores anseios do homem é o poder. As pessoas nunca estão satisfeitas com sua força, seja ela física, moral, econômica ou política. Por isso buscam todos os meios de aumentá-la, mesmo que o processo venha a prejudicar a outrem. Esta é a causa da infelicidade que grassa no *mundo. A vida do homem parece ser um vasto deserto de infelicidade salpicado de poucos oásis de felicidade em alguns pontos. Logo, amigo Dennis, não sou portador de nenhuma moléstia crônica, a menos que seja o precursor de uma nova doença, não catalogada pela medicina. O que sou, então?*

Não levei estas conclusões aos seus avós. Sinto em seus olhos uma sincera e profunda boa vontade para comigo. Se vocês escondem alguma coisa, isso acontece porque vocês querem proteger-me. Não sei bem de quê. Nem quero falar de minhas cogitações, pois elas incluem hipóteses que vão do absurdo ao ridículo. Espero apenas que alguém me diga a verdade. Você, por exemplo. Será que se você me contar tudo o que sabe — ou o que acha que sabe — de alguma forma não estará me ajudando a recobrar meu passado? Ou vocês conhecem meu passado e ele é tão sujo, sórdido e condenável que merece permanecer enterrado?

São tantas dúvidas que é melhor eu ficar por aqui. Não quero implodir sua cabeça também. Mas mantenha a calma. Prometo que ficarei aqui a aguardá-lo, que não cometerei nenhuma loucura. Excetuando-se meu inferno interior, o inferno das questões indecifráveis, estou no pa-

raíso. Adoro este lugar e sua gente. Prometo que o espero para julho. Palavra de honra, palavra de um cavaleiro tão magro e cabeçudo como o galante Dom Quixote de la Mancha. E você, como eu, deve ter lido que as palavras de um cavaleiro são mais sólidas que toda a solidez somada de todas as rochas do mundo.

Um abraço, não muito forte, de seu pálido amigo

Ernst Tchapek

Entorpecido pelo teor da carta, Dennis voltou a percorrer alguns de seus trechos, fixando sua atenção com especial zelo naqueles em que Etê especulava sobre sua humanidade. Logo depois não tinha mais dúvida: deveria revelar toda a verdade. Primeiro porque Etê parecia, por sua carta, já possuir bom senso suficiente para lidar com a informação de que ele provavelmente era originário de outro planeta. Segundo, ele deixara nas entrelinhas que sabia de tudo. Era inteligente demais para se deixar enganar e sensível e astuto o suficiente para expor argumentos que, por si próprios, levassem Dennis a não ter outra saída a não ser revelar o que sabia e o que pensava.

Assim, Dennis resolveu escrever duas cartas. Uma para Etê, relatando a verdade e suas suposições em todos os detalhes; outra a seus avós, revelando o conteúdo da primeira e conclamando-os a não mudar o tratamento reservado ao cósmico hóspede. Escreveu ainda que seria bom que Etê conquistasse a confiança do arisco Juraci.

No final da tarde de um certo dia em que um professor advertira-o de que seu desempenho declinara, mesmo final de tarde em que algumas garotas lhe sorriram — mas entre elas não estava Larissa — seu pai, o engenheiro Argênteo Bragança, chegou com o que Dennis considerou uma ameaça:

— Minha gente, meu povo, esqueçam tudo o que programaram para julho.

— Por quê, pai? — inquiriu Anita.

— Depois de dez anos de árduos sacrifícios resolvi passar trinta dias completos de férias. Minha folga mais longa foram aqueles dez dias de Europa, lembram?

— E o que isso tem a ver com a gente? — estranhou Dennis.

— Tudo a ver, filhão! Vamos todos juntos para Orlando, vamos conhecer o rato Mickey. Que tal?

Anita e Emmanuel exultaram. Tanto que correram

para abraçar o pai. Mais comedida, Helene restringiu-se a felicitar o marido. Em seu canto, Dennis apenas esperou que as comemorações acabassem.

— Desculpe-me, pai, mas prometi ao vovô e à vovó que passaria o mês de julho na fazenda.

— Eu sei, filhão, mas você precisa variar um pouco. Todo ano é só fazenda, fazenda... — Antes era só nas férias de final de ano — observou Helene. — Agora julho também?

— Pois é, mãe, eu adoro seus pais. Eu prometi e a palavra de um cavaleiro é mais sólida que a solidez somada de todas as rochas do mundo.

— Humm, metido — disse Anita. — Se puder levar cavalo pra Orlando, garanto que ele vai.

— É sabido e notório que Orlando, Miami, Disney e praias não me atraem de maneira alguma. Mas moraria na fazenda sem problema algum. Queria que vocês não me impusessem algo que me deixaria infeliz.

— É mesmo — concordou, sério, Emmanuel. — Abaixo a salada de legumes!

— Por mim, tudo bem, filhão — disse Bragança.

— Beleza! — exclamou Emmanuel. — Então não vou mais precisar comer salada?

— Estava falando com o Dennis, filho.

— Não vamos te obrigar a nada, meu fofo — disse Helene.

— É isso aí — disse Anita. — Escreve uma cartinha pro Tartarus avisando que você vai.

Batalha vencida, não demorou e Dennis tinha nas mãos mais uma carta de Matilde, a primeira que recebia desde a revelação da verdade a Etê.

Querido Dennis,

Seu avô e eu queríamos antes de mais nada agradecer pela retirada de um peso de nossas costas. Foi um alívio muito grande acabar de vez com aquele festival de mentiras. O Ernesto não merecia isso, você não acha? Mas qual será o verdadeiro nome dele?

Ele reagiu com muita calma e grande tranquilidade à sua carta. Disse que já suspeitava de algo assim. O Prudente o levou ao local do acidente. Ele ficou horas lá, olhando para o rastro que o trem deixou no chão, vendo as árvores derrubadas, cavoucando o chão. Todo dia ele vai lá.

Nós pedimos desculpas a ele, por nós e até por você,

sem pedir licença. Ele respondeu que esteve pensando se não faria exatamente a mesma coisa se estivesse em nosso lugar. É um rapaz muito consciencioso e compreensivo. Agora que não tem mais nenhum enxerido por aqui, a gente pensou em levar ele para fazer a revisão com o filho do Conrado. Ele disse que era melhor não arriscar, que estava muito bem e que nenhum exame ou tratamento traria sua memória de volta. Nesses casos o tempo é o melhor dos médicos, ele falou.

Faz uns três dias que o Ernesto esteve na casa do Juraci. Disse que foi recebido com muita frieza, que demorou até que a Das Dores lhe oferecesse um cafezinho. A coisa ficou mais feia porque ele recusou o café, que causa um grande mal-estar no estômago dele. Então ele começou a conversar com a família no linguajar deles. Ele aprende rápido, de ouvido, de vista. Logo estava falando "nóis vai", "trem bão", "uai", "sô", esse tipo de coisa. E foi conquistando a simpatia deles.

Aí no outro dia ele voltou lá, e o casal dessa vez pediu para ele ficar para o almoço. Juraci foi fiel e não contou para ninguém sobre a possível origem do Ernesto. Nem para a família dele. O Juninho é que ficava insistindo na história do córrego, mas o Juraci disse para ele que era o

"Arnesto" mesmo que estava lá aquela vez, mas ele estava meio "abilolado" naquele dia por causa de uma pancada na cabeça. Agora o Juraci não larga mais do Ernesto. Sempre que pode está ensinando para ele os segredos da roça, suas artes de peão.

Tem mais. O Prudente contou que estava difícil colocar um touro bravo na carreta para levar para o Joaquim Turuna. Todo mundo no curral, a peãozada laçava o bicho, mas caía no chão, soltava a corda. Um perigo, inclusive. O Ernesto estava passando e nem pestanejou em ajudar o povo. De um pulo entrou no curral, emparelhou com o touro, pegou nos chifres dele e pulou de lado, levando o bicho junto. O touro caiu, mas caiu por cima dele. Todo mundo pensou que o Ernesto tinha sido esmigalhado, mas lá de baixo ele falou para eles aproveitarem para amarrar o touro que ele mesmo ia colocar o bicho na carreta. Foi lá e colocou, como se tivesse segurando um neném. "Esses atreta das Oropa é forçudo memo, hein, sô?", foi o que o Prudente ouviu dos peões.

Mas o Ernesto não é só força bruta, não. Ele tem sido a atração das aulas da professora Nilza. Um dia ela não pôde dar aula por estar doente. A irmã dela veio avisar. O Ernesto ouviu e se encarregou de dar a notícia aos alunos.

Mas quando viu a meninada toda sentadinha lá, pensou que seria um desperdício jogar um dia de aula fora. Perguntou o que eles iam estudar naquele dia. Eram ciências e matemática. Ele falou que não sabia dar aula mas podia contar historinhas. Falou horas sobre a vida e a obra de Arquimedes, de Copérnico, de Galileu, de Pitágoras e de Newton. Diz que a criançada ficou quietinha, quietinha, parada nos olhos dele. E pensar que a gente queria mandar ele para estudar com a Nilza.

Ultimamente a própria Nilza tem chamado o Ernesto para contar histórias sobre todas as matérias. Ele já falou do Império Romano, da colonização do Brasil, da independência, dos gregos antigos, dos escritores da língua portuguesa, das curiosidades da matemática. A Nilza me contou que os alunos estão adorando as contribuições do "tio Arnesto". Ela só estranhou quando ele um dia chegou com uma rosa e disse para ela: "Uma alva rosa para a negra flor da África". Depois ele me contou que aquilo foi mais que um gesto de cavalheirismo, foi "Uma simbólica reparação pelos humilhantes séculos de escravidão a que os ancestrais de Nilza haviam sido submetidos". Pedi para ele repetir para eu anotar. Eu quis saber se era só isso mesmo. Ele, franzindo a testa, torceu o nariz, e, depois de um tempo, com um sorrisinho maroto, disse: "Ah, a senhora pensou que eu tivesse intenções galantes, românticas, impregnadas de pretensões afetivas e até casadoiras? Não, não, minha cara avó adotiva. Apenas aprendi que as pessoas têm o dom de ficar mais felizes sob certos estímulos. E a felicidade é algo positivo, portanto, não me custa nada insuflar um mínimo que seja de felicidade nas pessoas que me cercam. E a Nilza merece, pois é uma moça delicada e dedicada, paciente e consciente". Mais ou menos isso o que ele falou, ao que respondi: "Ah, sei...".

O primeiro semestre está voando. Logo será julho e você estará de novo com a gente. Com muitas saudades te esperamos. Um abraço da vó

Matilde

Talvez o tempo estivesse voando para eles na fazenda. Mas para Dennis os dias tinham a duração de meses e os meses teimavam em passar preguiçosamente. Seu pensamento já estava no campo havia muito tempo. Apenas esperava a chegada do corpo.

Último dia de aula no primeiro semestre. Verificando suas notas, Dennis chegou à conclusão de que deveria se aplicar mais na segunda metade do ano letivo. Isso se quisesse encarar a sério o vestibular.

— Para o seu nível foi um desempenho razoável — disse-lhe um de seus professores. — Acima da média geral da escola, mas sei que você pode render mais.

— Em agosto o velho Dennis estará de volta, professor, eu garanto.

Não queria perder tempo. Deixaria o colégio, almoçaria e rumaria para a rodoviária. Só não contava topar com Larissa no estreito corredor. Ele parou imediatamente. Ela continuou andando.

— Olha, Larissa, durante esse tempo todo eu queria apenas pedir desculpas — ela passou sem olhar para seu rosto. — Se você me desculpasse, nunca mais a incomodaria. Só o seu perdão me deixaria em paz comigo mesmo. Tá bom, tchau — disse, desconsolado, já atravessando o portão.

— Dennis! — gritou Larissa. — Dessa vez você me manda uma mensagem, ou me escreve, me liga?

— Eu... Hã... Claro, claro que sim. Lá não tem sinal de celular nem internet, mas não esquecerei de escrever.

— Então você está perdoado.

— Maravilha. Então avise sua mãe.

Prudente e Etê esperavam por Dennis na rodoviária de Alto Paraíso. Foi uma calorosa recepção.

— Você cresceu ou está de salto alto, Dennis? — divertiu-se Etê.

— Onde você arranjou senso de humor?

— Acompanhando o noticiário de política.

— Ô, Arnesto! — gritou alguém na mesa do bar da estação. — Vem sentar com a gente, cara!

— Hoje, não, pessoal. Obrigado.

— Que história é essa, Etê? — sorriu Dennis, sem disfarçar sua surpresa. — Quer dizer que você sai pra beber e já está íntimo do povão?

— É verdade que sou íntimo do povão. Também é verdade que percorro os bares e outros locais públicos. Só não é verdade que bebo aquele líquido amarelo e bebidas destiladas. Como eu ouvi e li a respeito dos males provocados por tais substâncias, logicamente não incorreria no mesmo erro. Só os tolos não aprendem com os erros dos outros.

— Uma cachacinha de vez em quando não faz mal a ninguém — disse Prudente.

— Não o encoraje, vô. Tudo que provoca alteração no funcionamento dos neurônios faz mal, caso do álcool e das drogas. Em curto, médio ou longo prazo. Dizem que consumir bebidas alcoólicas moderadamente faz bem ao organismo. Mas isso compensa o mal que elas causam? Além disso, as poucas substâncias dessas bebidas que fazem bem são encontradas em outros alimentos.

— Sabe o que me intriga? — disse Etê. — O que leva as pessoas a tomar essas bebidas destiladas? O álcool provém do açúcar, não? Este vem da cana, que é um delicioso produto da natureza e não causa dependência nem males ao sistema nervoso. E da cana é feita a garapa, igualmente saborosa e saudável. Mas as pessoas preferem aquilo que lhes faz mal, que provoca tragédias de vários tipos e que leva tristeza às famílias. Essa irracionalidade me intriga. Esse tipo de coisa é que me leva a duvidar ainda mais de minha humanidade.

— Nesse ponto tenho certeza de que não sou humano — afirmou Dennis.

— E eu devo dizer que sou um pouquinho humano — arrematou Prudente.

Era quase meia-noite quando o trio chegou à fazenda. Radiante, Matilde esperava o neto com um jantar fora de hora.

— E então, Etê — disse Dennis, enquanto fazia seu desjejum —, as pessoas não estranham que estas "férias" suas não acabem nunca?

— Não. Por força das circunstâncias, digo a todos que os atletas tchecos têm direito a um ano de férias, sendo que os ídolos locais ficam até dois anos sem fazer nada. Um absurdo, pois um atleta não pode parar de treinar nunca, mas eles aceitam a explicação, coitados.

— Ele já leu tudo da biblioteca do seu avô.

— Verdade. Por isso tive de amiudar minhas idas a Alto Paraíso. Agora sou assíduo frequentador da modesta, mas honesta, biblioteca pública. Daí o conhecimento que travei com quase toda a população.

— Inclusive com o delegado?

— Inclusive.

— E ele... nunca desconfiou?

— Nem um milímetro.

— E como você vai à cidade? Já está dirigindo?

— Normalmente vou a pé. Vou correndo ou aos saltos. Custa-me um esforço mínimo. Às vezes aproveito quando seu avô ou Juraci precisam fazer algo por lá e faço-lhes companhia.

— Fantástico. E você já percorreu toda a região?

— Conta pra ele a história da chapada — instigou Matilde.

— A uns trinta quilômetros daqui está o Parque Nacional da Chapada dos Veadeiros. Resolvi conhecê-lo. Cheguei até lá bem rapidamente. Depois passei a andar com vagar para admirar-lhe as belezas. Subi e desci seus montes, entrei debaixo de cachoeiras, observei os animais. Então foi a vez dos cânions. Andei entre portentosos paredões rochosos. Quando molhava os pés no regato que formava uma profunda garganta, ouvi um ruído contínuo, crescente. Velozmente uma forte tromba d'água vinha em minha direção. Ela colheria meu corpo e o arrastaria. Não sabia que efeitos ela acarretaria em mim. Nem quis ficar para saber. Por isso tomei grande impulso e saltei para o alto de uma das paredes. Para meu azar, um homem de barbas e cabelos longos e túnica branca, lá embaixo, ao pé da elevação, olhava para cima e viu quando atingi o topo. Ele imediatamente se prosternou e depois se virou para seus companheiros, que, uns trinta metros atrás, estavam dentro ou nas cercanias de construções em forma de cúpula, como iglus de tijolo. Pulei logo para o paredão oposto, mas ouvi aquele que me avistara gritar: "Eu vi! Eu vi! Era ele, nosso santo senhor Aureos, o engenheiro do universo. Ele saiu de sua morada na galáxia de Andrômeda para nos abençoar. Eu vi! Olhem!". Houve um breve silêncio. "Ele estava lá! Estava, sim". Depois não sei o que aconteceu. Voltei correndo.

— Acho que você serviu para reforçar o misticismo que cerca esta parte do mundo. Mas vejo que você ampliou seu guarda-roupa.

— Verdade. Agora sou um trabalhador rural. Faço o serviço de um peão qualquer.

— Peão qualquer? — objetou Prudente. — Esse aí vale por cem, por mil peões.

— Em troca de meus préstimos, Prudente e Matilde fornecem-me casa, comida e roupas. E seu incomparável carinho, o que é mais importante.

— Mesmo que você não trabalhasse teria nosso carinho, filho — disse Matilde.

— Vê só, Dennis? Tenho medo de recobrar a memória e descobrir que não mereço o que vocês fazem por mim. Que, pelo contrário, mereço opróbrio eterno.

— O homem é sua índole, Etê. Se sua índole fosse má, você, mesmo sem memória de sua vida anterior, não teria se tornado a pessoa que é hoje.

— Pode até ser que o homem seja sua índole, Dennis. Mas sou um homem, um ser humano? *That is the question*, diria Hamlet.

Cansado da viagem, Dennis acordou relativamente tarde no dia seguinte. O quarto de Etê já estava vazio.

— Ele já foi pegar no batente, filho — informou Matilde.

— O homem virou peão mesmo. O peão que veio do espaço!

Dennis entrou no quarto do amigo. Bem organizado, limpo, deixava transparecer a personalidade de seu ocupante. Aberto, o armário revelou-se igualmente impecável. Em seu canto direito, escondido atrás de algumas calças, Dennis descobriu um pequeno baú. Trancado.

— O que o Etê guarda nesta caixa, vó?

— Ah, o bauzinho? Ele achou isso todo estropiado no quartinho de despejo, consertou e colocou aí. Nunca falou o que tem dentro. Por isso a gente não pergunta.

"O que será que Etê esconde?", perguntava-se Dennis. Ou melhor, o que ele teria a esconder? Talvez tenha enfiado ali seu macacão de piloto. Este teria se tornado uma relíquia de seu passado perdido. Uma espécie de fóssil pessoal, um elo com uma outra vida. Mas, ao abrir uma gaveta, Dennis deparou-se com o brilhante macacão. Então o que havia na caixa? Deixaria que Etê o revelasse por conta própria no momento que desejasse. A hora era de tomar um belo e nutritivo café da manhã, para então sair e rever a verdejante natureza que o negrume da noite anterior ocultara.

Caminhando e cumprimentando a todos, acompanhado de Juraci, Dennis avistou Etê, seu avô e algumas pessoas de fora conversando ao redor da porteira.

— Chega mais perto, Dennis — chamou Prudente. — Você se lembra do Joaquim, nosso vizinho? Ele tá contando que uns larápios o visitaram esta madrugada e levaram umas cabeças de gado dele.

— Duns tempo pra cá esse negócio só vem aumentano — disse Joaquim.— Otrudia foi o cumpade Totonho, agora ieu. E ninguém faiz nada.

— O delegado esteve lá? — indagou Dennis.

— Teve, mais aí o leite já tava derramado.

— A região é vasta, né, Dennis? — disse Prudente. — Só o município de Alto Paraíso ia precisar de uns duzentos homens pra vigiar os pastos. Eles são no máximo seis policiais. O jeito é investigar, ir atrás dos lalaus.

— Só que entra delegado, sai delegado, a investigação num termina nunca e os bandido só vai aumentano — disse Joaquim. — Bão, já vô ino. Eu recomendo ocêis ficá de ôio no gado docêis.

Etê e Dennis afastaram-se do grupo.

— Que situação injusta, Dennis. Os fazendeiros e seus assalariados esforçam-se brutalmente, trabalham sob sol e chuva, dão seu suor o ano inteiro para ver seu sacrifício ser reduzido a pó.

— Sim, é revoltante.

— É humano quem faz isso?

— Infelizmente é bem humano. Mas onde estamos indo?

— Quer ir comigo ao local do acidente? Como você sabe, é uma de minhas atividades diárias. Vou lá em busca de respostas.

— Encontrou alguma?

Etê demorou alguns segundos para responder.

— Não, não... Suba aí.

— Subir no quê?

— Na minha cacunda, como dizem por aqui. Eu me abaixo. Você vai viajar pelo expresso Ernesto. Isso. Pronto?

Como se não levasse peso algum, Etê disparou pelo campo, alternando corrida com saltos gigantescos. Em suas costas, Dennis agarrava-se firmemente ao pescoço do amigo. Foi uma experiência fascinante! Um jorro de adrenalina que nenhuma montanha-russa seria capaz de proporcionar.

Em pouco tempo estavam no fatídico local.

— Repare na profundidade e no comprimento deste sulco, Dennis. O que se pode concluir por meio dele?

— Que a nave era pesada. Mas isso eu pude constatar pela dificuldade que os militares tiveram para retirá-la.

— Exato. Mas também que ela não tinha uma trajetória vertical, o que causaria uma grande cratera. E eu não estaria aqui conversando com você. Quase que certamente nós tentávamos pousar horizontalmente como os aviões fazem.

— Mas a nave não tinha rodas. Pelo menos não vi nada que lembrasse um trem de pouso.

— Nem retrofoguetes para descer na vertical, como alguns foguetes e aviões fazem nos dias de hoje.

— Como você sabe? Ah, claro, o sulco é uniforme, logo o fundo da nave era plano, logo sem retrofoguetes.

— Logo ela usava uma tecnologia desconhecida para vocês. Mas algo deu errado. Mistérios, mistérios... Um quebra-cabeça digno de Poe.

— Então você leu Edgard Allan Poe? Espetacular, não? Aquela história do escaravelho lembra minha infância.

— Como se ela estivesse distante...

— Eu e um tio meu tínhamos um código. Nas reuniões de família havia sempre um grupo de jogadores de cartas. Baralho, sabe? Um dia ele me chamou e falou: "Você me ajuda a ganhar desses otários, Dennis?". Eu quis saber como eu poderia ajudar. "É fácil. Você fica rodeando a mesa, para atrás do primeiro e fica olhando paras as cartas dele. Se for um ás de paus, por exemplo, você canta, ou finge que está conversando com alguém do lado, mas tem que falar assim: "A Saúva Pegou A Uva", por exemplo. Percebeu? As iniciais dessa frase são ASPAU. Decifrando: ás de paus. Entendeu, Dennis? Eu sei que você é muito criativo, então vai criando frases à medida que for observando as cartas dos meus adversários. Vamos papar esses trouxas". Moralmente revoltante. Mas era uma experiência tentadora para um garoto de dez anos. Um adulto confiando uma tarefa de tamanha envergadura a mim, tratando-me como um igual. Topei na hora.

— E seu tio ganhou o jogo?

— Ia tudo muito bem. Por exemplo, quando vi que alguém tinha um rei de espadas, cantei: "Remem, Escravos Idiotas, Estúpida Safada Patota". REIESP, assim, abreviado, fácil de entender. Meu tio ganhava o jogo, quando um primo distante se aborreceu: "Ô, moleque, vê se vai cantar em outro lugar", disse para mim. "Tá tirando minha concentração." Meu tio falou, com energia: "Ele fica. O menino tem direito de ficar onde bem entender". O outro discordou, meu tio não gostou. Então começou o empurra-empurra, as cartas voaram longe, cadeiras se quebraram e o jogo acabou. Empatado.

Algumas madrugadas depois, Dennis acordou com um ruído de galho quebrando, bem embaixo de sua janela. Olhou para fora e, apesar da escuridão, pouco amenizada pela lua minguante, percebeu um balouçante brilho dourado se esgueirando pelo pomar. O cachorro latiu ao longe, mas logo se recolheu ao seu cansado silêncio. Com o coração palpitando, correu para o quarto ao lado. Suas suspeitas foram confirmadas. Etê saíra pela janela para embrenhar-se na noite. Mas para quê? E o baú? Acendeu a luz e abriu o armário. Lá estava, intacto e lacrado, o misterioso baú de Etê. Dennis não pôde pregar novamente os olhos. Algumas horas de exasperante e incômoda inércia depois, ele ouviu sons que não deixavam dúvidas de que Etê pulara de volta ao seu quarto. Mais aliviado — e considerando que aquela não era a hora certa para que mantivessem uma conversa séria —, Dennis enfim adormeceu.

De manhã, ambos foram à cidade com Juraci. Não tocaram no assunto.

— Vou colocar uma carta no correio — disse Dennis.

— Uma jovem? — sorriu Etê.

— Sim, sim, uma jovem, como você diz.

— Por meio de minhas observações, percebi que os jovens atuais não enviam tantas cartas como antigamente. O telefone, o celular, a internet contribuíram para demolir essa tradição. Você é um cultivador de hábitos antigos, Dennis?

— Não, é que mandar carta é mais barato que telefonar. Além disso, estou enviando um arquivo MP4 que gravei no celular. É minha face moderna. Vou aproveitar que na cidade tem sinal de internet e vou enviá-lo. Talvez ela esteja com saudades da minha voz.

Passaram o dia praticamente juntos. Falaram sobre uma infinidade de assuntos, de música a astronomia, de física quântica a futebol. Mas Dennis não tocou no tema "escapadas noturnas". Não podia reprimir um certo medo da resposta que obteria.

Programou-se para uma vigília noturna. Deitado, olhos bem abertos, marcou no relógio a hora em que Etê saiu outra vez. Cinco para uma da madrugada. Retorno: cinco e dezessete. No dia seguinte, ligeira variação. Saída: quinze para uma. Retorno: cinco e dez.

No terceiro dia Dennis não resistiu. À meia-noite e meia desceu, pé ante pé, e encaminhou-se para o pomar, para onde Etê dirigia-se sempre.

Vinte minutos depois seu incomum amigo saltou como usualmente fazia, dobrando os joelhos de modo a produzir o menor ruído possível. Já começara a atravessar o pomar quando ouviu chamarem-no sussurradamente.

— Etê, psiu.

— Dennis? O que você...

— Eu é que pergunto.

— Venha, vamos nos afastar mais um pouco.

— O que você está escondendo, Etê? Há dias que eu...

— Escute, Dennis. O que estou fazendo oferece algum risco e requer sigilo. Todas as noites eu visito fazendas para tentar flagrar a ação dos ladrões de gado.

— O quê? Mas...

— Não tenho problema de sono, de cansaço, não me pergunte por quê. Para mim não há problema algum em ficar de tocaia. Tais delinquentes precisam ser detidos. São possuidores de uma covardia imensurável. Os pobres trabalhadores...

— Eu vou com você.

— É perigoso, Dennis. Eles andam armados.

— E o que você faria se os encontrasse? Só se for invulnerável a balas...

— Mas eu tenho mais chance de fazer alguma coisa. E tenho pouco a perder. Não tenho memória, logo não tenho família, passado, nada.

— Mas somos sua família.

— Está bem, Dennis. Já vi que não há como dissuadi-lo. Suba aí.

As madrugadas passavam frias, estéreis. Só se avistavam corujas e outros animais noturnos. Uma única vez ouviram e acompanharam o trote de um solitário cavaleiro que voltava bêbado para casa, conduzido com fidelidade canina (ou equina?) por seu cavalo.

Prudente não deixou de notar a mudança de comportamento do neto.

— Dennis, meu filho, ainda não te vi montando o Tartarus.

— Estou sem vontade, vô.

— Parece que está com olheiras. Tem dormido direito?

— Direito e esquerdo — respondeu Dennis, embora tivesse vontade de dizer que trocara o lombo de seu cavalo predileto pelo de seu melhor amigo. Mas isso denunciaria suas aventuras noturnas.

*

Madrugada. A vigilante dupla espreitava os pastos da propriedade de Inácio Caldas, a mais de dez quilômetros da casa de Prudente.

— Três e meia — disse Dennis. — Vamos rodar mais, Etê?

— Falar é fácil, não é você quem carrega. Estou brincando. Tenho imensa dificuldade em me cansar. Deve ser a água daqui.

— Será que todos os seus conterrâneos, se viessem para a Terra, supondo que você seja de outro planeta, também apresentariam características superiores às dos terráqueos? Ou você é uma espécie de campeão de seu povo? Fico só imagi...

— Psssiu... Está ouvindo?

— Não... Quer dizer, agora, sim.

— É um caminhão. Venha.

Acomodaram-se no alto de um morrote. Deitados, acompanhavam o deslizar do caminhão, equipado para transportar bovinos, na direção da fazenda de Caldas. O veículo parou na última porteira. Da cabine saltaram dois homens com revólver, que estavam no banco da frente. Do banco traseiro, mais três, um com pistola, os outros de carabina em punho. Três homens desarmados, que vinham na carroceria, dirigiram-se ao curral, enquanto os outros foram em direção às casas do dono e dos peões. Alguns portavam lanternas.

— Fique aqui, Dennis. Se algo acontecer comigo, desapareça daqui. Volte à casa de seu avô.

— Boa sorte, Etê.

O alienígena colocou um gorro preto para cobrir seus cabelos, que poderiam funcionar como um farol para orientar os ladrões. Deixou apenas aberturas para os olhos. Também vestido com roupas escuras, ele desceu primeiro na direção da casa principal, pois de lá ouvia os homens, encapuzados, a ameaçar os moradores.

— Fica todo mundo quietinho e ninguém sai machucado!

Etê esgueirou-se para o outro lado da casa e pôs-se a observar de soslaio o homem, armado com uma carabina, que ficou guardando a entrada da frente. Certificou-se de que nenhum dos outros membros da quadrilha olhava naquela direção. Então, com uma rapidez incrível, saltou na direção do vigia, que, quando percebeu que estava dominado, não pôde nem gritar, pois a grande e forte mão do atacante já havia calado sua boca. Com a outra mão, Etê tomou violentamente a arma. O bandido teve dois dedos quebrados na operação. Um golpe na nuca deixou-o desmaiado.

O homem inerte foi deixado atrás da casa. Etê então foi até a porta. Esperou que um dos que estavam lá dentro viesse saber de seu vigia. Não precisou esperar muito.

— Cocada, onde é que cê tá, homem?

Assim que foi colocada para fora, sua cabeça foi puxada, juntamente com o resto de seu corpo. Etê tomou-lhe a pistola e colocou-o fora de combate. Restava o outro armado de carabina, que de dentro da casa gritou:

— Quem tá aí? Cocada, Tição... Cadê ocêis? Quem tivé aí, aparece, senão eu...

Antes que terminasse de falar, Etê caiu-lhe por cima como um raio, vindo da janela ao lado. Calculara que tal ação, mesmo com o estilhaçar da janela, não colocaria os moradores em risco. Derrubou o assaltante, deixou-o desacordado e entregou sua carabina ao dono da casa.

— Hã... Desculpe-me pela janela — disse a Caldas, que, como o resto da família, estava mudo, abismado.

O barulho e os gritos alertaram os outros dois bandidos armados, que vieram ver o que acontecia. Etê saiu pela janela e subiu ao telhado para esperá-los. Quando se aproximavam da casa, ele saltou-lhes com os pés sobre os ombros, atingindo a ambos. Um deles caiu e, ao bater a cabeça no chão, não se mexeu mais. O outro, mesmo grogue, atordoado, atirou várias vezes na direção do grande vulto que mal vislumbrava à sua frente.

Debaixo de sua improvisada máscara, Etê franziu a testa, mas conteve o grito. Fora atingido em seu flanco direito, nas costelas.

— Que tipo de assombração você é? — indagou o atirador, com a voz trêmula. — Ai, meu Deus, se o siô me deixá vivê, juro que vou levá uma vida direita.

— Por via das dúvidas — disse Etê, driblando a dor —, é melhor colocá-lo para dormir — e golpeou-lhe a nuca.

Percebendo que algo dera errado, os três ladrões remanescentes, aqueles encarregados de transferir o gado para o caminhão, correram para o veículo. O motor já estava acionado quando Etê colocou-se a correr para detê-los. O motorista, que tentava, com dificuldade, sair à ré, surpreendeu-se ao ver a porta esquerda voar para longe. Não demorou para descobrir o autor da façanha. Com um pé no estribo e o outro já dentro da cabine, Etê desligou o motor e ordenou que o trio não fizesse nenhum movimento. Do lado de fora, Inácio Caldas apontava-lhes a carabina que seu salvador lhe entregara.

— Nem precisava desse trabalho todo — disse Dennis, também mascarado, aproximando-se por trás de Etê. — Eles não iam muito longe. Dê uma olhada — mostrou-lhe os pneus do caminhão. Murchos. — Também tenho meus poderes — disse, por fim, revelando seu canivete suíço.

— E esse aí, tá do nosso lado? — indagou Caldas, referindo-se a Dennis.

— Sim, está. Agora providencie cordas para que todos sejam amarrados. E mande chamar o delegado.

— Mas quem é você?

— E se eu disser que não sei? Agora temos de ir. Quanto à janela...

— Esquece a janela, moço. A gente ia perdê muito mais que uma simpres janela se ocê não tivesse aparecido. Muito obrigado. Aos dois.

Correndo lado a lado, os dois "vigilantes" desapareceram na escuridão. Em certo ponto pararam.

— E os tiros que eu ouvi? — perguntou Dennis.

— Só um me acertou. Ninguém, fora os bandidos,

saiu ferido. Agora vou carregá-lo. Como um bebê. Não posso colocá-lo nas costas, senão sua perna vai comprimir justamente a área atingida.

— Vamos ao dr. Conrado. Agora!

— Não será necessário. A bala não penetrou, não há sangue. Vamos para casa. Isso passa.

Pela manhã, Etê queria retirar a bala com um alicate comum. Sua pele não fora perfurada, mas afundada entre duas costelas em cerca de três centímetros. Mas Dennis convenceu-o a procurar o médico. No carro, a caminho da cidade, ainda tinham o que conversar.

— Como foi aquela história de apagar os sujeitos com um golpe só?

— Foi o resultado da combinação de alguns cálculos que eu fiz levando em conta a força e a precisão necessárias para provocar um desmaio no oponente. Considerando-se peso e altura aproximados dos adversários, aplica-se um golpe com determinada força num ponto restrito de sua nuca.

— Você andou estudando anatomia, física, essas coisas, não?

— Andei estudando tudo o que é passível de ser estudado.

— No que está com toda a razão. E agora? Vamos continuar defendendo os fracos e oprimidos?

— Você fala com a tranquilidade dos que foram apenas dar um passeio. Como se agredir pessoas fosse uma brincadeira.

— Não, eu...

— Sim, eles eram bandidos, mas suponha que eles vivessem numa sociedade justa, sem brutais diferenças sociais, sem um abismo entre ricos e pobres, em que todos tivessem oportunidades de viver condignamente. Nesse hipotético caso eles recorreriam a uma atividade de altíssimo risco que é o crime? E certamente há um cérebro por trás de tudo, comandando as ações. Pelo linguajar simplório, pode-se perceber que eles não passavam de subalternos.

— Com estas prisões o delegado poderá chegar ao mandante.

— Sinto-me mal por tê-los agredido. A dor provocada pelo tiro não é nada comparada ao sofrimento por ter causado sofrimento a outrem.

— Você fez o que era preciso numa situação extrema.

Só conversa não os convenceria a voltar para casa e procurar emprego.

Já no consultório, munido de uma pinça, em poucos minutos Conrado retirou o projétil encravado.

— Ernesto, meu velho, vai ser preciso um fuzil dos bons pra furar sua couraça. E olhe lá. Só estou em dúvida é sobre o tempo que vai levar pra sua pele voltar ao normal, porque afundou e arroxeou o local. Se é que vai voltar ao normal. Isso pra mim é novidade.

— De qualquer forma, obrigado, doutor.

— Vai vestindo a camisa. Eu vou falar com o Dennis lá fora.

Dennis, na sala de espera, lia uma revista quase tão velha quanto ele mesmo.

— Dennis, meu garoto, o que vocês fizeram foi uma loucura. O Inácio já deve ter dito pro delegado que quem acabou com o assalto foi um magrelo alto e cabeçudo acompanhado de um indivíduo mais jovem. Logo, logo baterão na porta do seu avô. Quem mais no Estado todo se encaixaria nessa descrição? Daí vão investigar o Ernesto, vão descobrir que ele não tem documento nenhum, que não é tcheco coisa nenhuma. Então vão ligar sua aparência com a do piloto morto daquela nave e pronto.

— Seria terrível. Temos de estar preparados. Mas não é isso que me preocupa mais, doutor.

— Então é o quê, criatura?

— E se o Etê tiver sido mandado para iniciar um processo de invasão do nosso planeta? Já pensou um batalhão, uma população inteira de seres como ele? Nós seríamos dominados como um grupo de crianças por um pelotão do Exército.

— Difícil imaginar alguém como o Ernesto com um propósito tão sinistro.

— Por melhores que sejam, soldados cumprem ordens. O problema é quem dá as ordens. O problema é que não conhecemos a personalidade do Etê integralmente. Muito menos a de seus conterrâneos. E se for um povo onde o mau-caratismo domine?

— Para com isso, Dennis. Você me provoca calafrios com essas suas suposições. Venha, vamos ver nosso amigo.

Ao entrar no gabinete depararam-se com Etê imóvel sobre a maca. Em suas mãos, o estetoscópio de Conrado, objeto que o alienígena fitava como se o estudasse detidamente. Absorto em seus pensamentos, demorou para perceber que havia alguém ao seu lado.

Tanto Dennis como Etê passaram o resto daquela manhã e quase toda a tarde mais pensativos, mais sombrios, eles que sempre eram tão alegres. O clima lúgubre só foi quebrado pelas notícias trazidas por Juraci.

— Ocêis tá sabeno o quê qui aconteceu?

Dennis sobressaltou-se. Em sua cabeça não tinha mais dúvidas: toda a cidade, toda a região estavam a par do que ocorrera na madrugada anterior. Era questão de tempo a polícia chegar para fazer algumas perguntas. Logo depois viria um ávido e truculento destacamento da Aeronáutica.

— O que foi, homem de Deus? — impacientou-se Prudente. — A mulher do padre pediu divórcio?

— Que que isso, seu Prudente? Isso é pecado, sabia.

— Fala, Juraci — suplicou Dennis.

— Uai, sô, o delegado prendeu a cambada qui tava robano gado. Diz qui quem prendeu de verdade memo foi o seu Inácio e a piãozada dele.

— O quê? — surpreendeu-se Dennis, com uma ponta de indignação.

— Foi o qui o delegado falô. Diz qui o seu Inácio distribuiu purretada na cabeça dos hômi. Os pião acordô cum os grito e foi lá e terminô o sirviço. Aí o seu Inácio pegô a carabina dêze e mandô os otro ficá bem quetin. Adispôis amarrô os bandido e chamô a puliça.

— O Inácio? Com aquela barriga? — estranhou Prudente.

— E os bandidos? — quis saber Dennis. — Confirmaram a história?

— Diz qui um dos lalau falô qui o capeta tava do lado do seu Inácio, um fióte de cruiscredo do tamãi dum poste qui bala ninhuma num dirrubava. Otro falô qui era um pião do seu Inácio qui tava de tôca infiada na cabeça. Aí o seu Inácio falô qui éze tava tudo era variano pur causa das pancada no coco. Tinha uns qui foi pego na gabina e viu de perto o mascarado, mais tava iscuro e êze tava mais percupado era ca carabina do seu Inácio.

— O delegado não desconfiou de nada? — perguntou Dennis, tentando disfarçar seu exacerbado interesse.

— Ele ficô mêi anssim. Diz qui ele ficô mêi sem sabê cumé qui uns cinco hômi disarmado pôde dá conta de oito bandido cheio duns trabuco. Mais a famía do seu Inácio garantiu qui foi tudo verdade verdadera memo.

Para espanto de Prudente e pasmo e terror de Matilde, a dupla aventureira, logo após o jantar, contou-lhes toda a verdade. Verdadeira.

— Sabia que o Inácio tava de lorota — disse Prudente.

— Mas que perigo! Como vocês tiveram coragem de... Ah, meu Deus. Tá doendo muito, Ernesto? Que seja só essa vez, viu? Não quero saber de vocês arriscando a vida por aí, não! Principalmente você, mocinho — disse Matilde, olhando severamente para Dennis. — Onde já se viu? Você nem tem pele que nem daquele bicho... como é que chama mesmo? Rorio... rino... renoceronte!

— Viva a vaidade humana! — comentou mais tarde Dennis. — Graças a ela seu Inácio fez por nós o trabalho de despistar a polícia. Ele deve ter combinado a mentira com seus peões e a família. Coisa feia... e bem-vinda.

— Fico me perguntando qual a vantagem que Inácio Caldas pôde angariar ao assumir a detenção dos ladrões — disse Etê.

— Fama, prestígio, admiração...

— E daí? Sua vida vai melhorar com esses ingredientes? Ele vai tornar-se uma pessoa melhor, mais plena, mais feliz?

— A glória é a mãe das histórias de pescador. Ainda que falsa. É um meio de se eternizar mesmo que em forma de lenda.

— Telefone pra você, Dennis! — gritou Matilde lá de baixo. — É a Larissa!

*

Ao retornar do telefonema, quinze minutos depois, Dennis encontrou trancada a porta do quarto de Etê.

— Já vai dormir? — indagou, batendo de leve. — Está muito cedo.

Em resposta ouviu um apressado ruído de madeira contra madeira. Imediatamente concluiu que seu amigo fechara o baú. Depois um cuidadoso estalar: o cadeado se fechando.

— Entre, Dennis — disse Etê ao abrir a porta. — Não ia dormir, só estava... matutando.

— Não precisava se incomodar. Pode voltar aos seus segredos.

— Segredos? Não, não há segredo algum. Ah, você já deve ter visto o baú, não? Bem, vou abri-lo para você. Se soubesse que o incomodava...

Foi ao armário e retirou a caixa. Abriu-a sobre a cama.

— Veja. São só objetos que encontrei na área do acidente. Coisas que os militares deixaram para trás. Eu cavo a terra daquele lugar diariamente. Cavo com as mãos mesmo. Tenho a esperança de recordar algo por intermédio do reconhecimento destas peças. Fico olhando para elas...

Fico horas olhando para elas. No consultório... Alguma coisa naquele estetoscópio me chamou a atenção. Mas não sei por que.

— Mas por que esconder?

— Apenas medida de segurança. Sinto uma fanática compulsão de manter estes objetos ao meu alcance. São fragmentos do meu passado.

Era julho e estava frio. Ainda mais na região da Chapada dos Veadeiros, uma das mais elevadas de Goiás. Somente Etê dispensava qualquer tipo de agasalho. Vestia-se como se estivesse no verão.

— É purque na minha cidade, Praga — divertia-se ele ao justificar sua tolerância ao frio perante Juraci —, é um geeelo qui ocê nem magina, sô. Isso aqui é calor pra nóis.

— Uai, intonce essa sua cidade é uma praga memo, sô.

— Você está fluente em caipirês, Etê — disse Dennis.

— Nóis sisforça. Novidades no caso dos ladrões de gado?

— Descobriram que o caminhão pertence a um tal de Domingos Madeira Rios, que se diz caminhoneiro e alegou que seu veículo fora roubado. Mas olharam sua ficha e viram que ele esteve preso por um ano e meio por formação de quadrilha e contrabando. Mas, segundo o delegado, ele foi preso — no Paraná — no lugar do verdadeiro chefe do bando, ou seja, ele teria confessado para proteger um figurão, o empresário Guilhermino Canale, que já foi processado ao longo de décadas por estelionato, falsidade ideológica e outras coisinhas, mas nunca foi condenado porque sempre pôde comprar os melhores advogados, que sempre puderam recorrer à insuficiência de provas, à *complacência* de certos juízes etc. Hoje o tal Canale mora em Formosa, cidade aqui perto e às vezes usa os serviços de... quem?

— Domingos Madeira Rios.

— Exatamente. Com medo de represálias de seus superiores, os camaradas presos não denunciaram seus chefes. Por isso não há como estabelecer a conexão. Domingos mora numa casa confortável em Formosa e tem um apartamento em Goiânia, embora, segundo os vizinhos ouvidos pelo delegado, raramente faça algum frete com seu caminhão. Ou fazia, já que ele foi *roubado*. Já Canale é empresário e fazendeiro respeitado na cidade. O delegado disse que nem adianta pedir ajuda à polícia local, pois falta, digamos, vontade política para colocar as mãos em tão proeminente figura.

— Humm...

Um sorriso matreiro e um ar pensativo dominaram o semblante de Etê.

O sol da manhã seguinte encontrou vazio o quarto do hóspede desmemoriado. Dennis perguntou a todos se tinham visto seu amigo. Ninguém o vira desde o dia anterior. Para onde fora Etê? As mais estranhas, estapafúrdias, absurdas e delirantes suposições passaram pela cabeça do estudante. Assim como suposições até que admissíveis, como a recuperação da memória e consequente necessidade de fazer alguma coisa em determinado lugar.

— Ele deve estar conhecendo terras mais distantes, filho — disse Matilde.

— Nesse caso ele avisaria, vó. Ele é esquisito.

— Queria o quê? — disse Prudente. — Ele é de outro planeta. Já procurou na cidade? Deve estar num boteco daqueles.

Com Juraci, Dennis foi à cidade, perguntou às pessoas, vasculhou as ruas. Nada. A noite só serviu para adensar ainda mais a atmosfera de angústia, receio e apreensão. O baú estava no lugar, todas as roupas também. Menos as escuras vestes que Etê usara no encontro com os bandidos. Dennis foi dormir — ou tentar fazê-lo — com uma leve suspeita a ferroar-lhe as ideias.

— Dennis — chamou Matilde, à porta de seu quarto, bem cedo —, visita pra você.

— Sentiu saudades, dorminhoco?

Era Etê, que esticara a cabeça para dentro do quarto. Atrás dele, Dennis pôde divisar a figura risonha de seu avô.

— Por onde você andou, seu... seu irresponsável?

Etê soltou uma gargalhada como raramente o fazia.

— Vamos todos lá para baixo, que vou contar de uma vez. E só pra vocês três, hein? Sigilo absoluto.

Acomodado na confortável poltrona da sala de estar, Etê esperou que seus ouvintes se sentassem para iniciar seu relato.

— Bem, como vocês sabem, sou um estudioso indignado das injustiças que campeiam por este mundo. Já disse que não fiquei satisfeito com a simples prisão dos homens que vinham levando embora o gado dos outros. Seus líderes, os mentores dos assaltos, permaneceriam intocáveis e poderiam muito bem formar uma nova quadrilha a fim de perpetuarem-se no crime.

— Então resolveu dar um jeito na coisa — interrompeu Dennis.

— Correto. Resolvi pegar uma roupa para cobrir todo o corpo e ir até Formosa. Não quis levá-lo, amigo Dennis, para poupá-lo de riscos desnecessários. Mesmo se voltasse ileso, sua avó poderia trucidá-lo por ter tomado parte em tal empreitada. E se acontecesse algo letal a mim, quem se importaria?

— Espere aí — disse Prudente, sério. — Nós somos sua família, meu jovem. A gente se importa com você como se fosse nosso filho mais novo e irmão mais velho do Dennis.

— Aí ele seria tio e irmão do Dennis ao mesmo tempo, Prudente. Fica meio esq...

— Desculpa, vó, mas vamos ouvir o Etê.

— Prosseguindo: então peguei uns mapas e tracei minha rota para Formosa. Fui por estradas e fazendas, sempre tomando cuidado para não ser visto. Saí de madrugada e cheguei de manhã. Cansei muito pouco. Ao penetrar o perímetro urbano retirei a máscara e a blusa negra. Abordei uma mulher e perguntei-lhe onde era a casa de Guilhermino Canale. Depois que terminou de olhar-me de cima para baixo e vice-versa por longos segundos, ela assombrou-se pelo fato de eu não saber onde era a casa do notório empresário. Deduziu que eu era de fora e indicou-me o caminho.

— Você foi lá e bateu na porta? — perguntou Prudente.

— Não, claro que não. Não poderia ser visto. Fiquei a mirar a casa de longe. Depois passei em frente. É uma construção muito ampla, de três andares, dotada de alarmes e dois cães rottweiler. Numa guarita, à guisa de porteiro, um homem de meia-idade vestido à moda militar. Passei rapidamente para não chamar atenção, se é que isso seja possível. Certo, já sabia onde e como era a casa do meu alvo. Mas sabia que naquele horário ele costumava ficar em seu escritório, em sua empresa de importação e exportação, a Canale Astor, para onde fui em seguida. Passei em frente e comentei com um transeunte sobre a beleza de certo carro estacionado ali. "De quem será?", perguntei. Era do Canale, como suspeitei, pois era o mais caro e o único importado das redondezas.

— E, como forma de vingança, você arranhou o carro com uma tampinha de garrafa e voltou para cá — ironizou Dennis.

— Não. Discretamente dei a volta ao quarteirão. Verificando que não havia ninguém olhando, saltei para o muro que divide duas residências localizadas nos fundos da firma de Canale. Do muro saltei para o teto do prédio da empresa, que tem dois andares e abriga outras lojas, e de lá fiquei esperando que o empresário saísse. Passava do meio-dia quando um sujeito baixo e gordo, portando uma maleta, entrou no carro importado. Lá em cima, coloquei a máscara e a blusa preta e pulei para a rua assim que o automóvel começou a rodar.

— E ninguém viu? — preocupou-se Matilde.

— Muita gente viu. Mas já não me importava mais. O carro ia numa velocidade média para baixa. Pude alcançá-lo facilmente. Ficamos emparelhados. Canale olhava assustado para mim. Fiz sinal para que ele abaixasse o vidro. Em resposta ele acelerou. Eu também. Continuei ao seu lado e pressionei o vidro para baixo. Consegui abrir a janela. Então pude falar-lhe. "Não sente remorso por seus rapazes estarem presos em Alto Paraíso enquanto você está solto aqui?", perguntei. Ele não soube o que dizer e acelerou ainda mais. O carro já passava dos noventa quilômetros. Não podia mais acompanhá-lo. Por isso segurei-me em sua porta e finquei os pés no chão. Olhem o estado de minha botina. Uma pena. Ele perdeu o controle. Rodou. Para não ser atingido, dei um mortal triplo sobre o veículo e posicionei-me à sua frente. "O que você e Domingos Madeira Rios têm a ver com os roubos de gado na região?" Apavorado, ele não tinha resposta. Virou-se para o banco ao lado e abriu sua maleta. Havia uma arma. Antes que ele piscasse, eu já estava do seu lado, tomando o revólver de sua mão e entortando o cano.

— E o público? — indagou Prudente.

— Àquela altura, dezenas de pessoas acompanhavam a cena. Precisava ser rápido. Alguém podia ter chamado a polícia. "Só quero que me responda: qual sua ligação com o roubo de gado?" Ele só conseguia perguntar: Quem é você? Quem é você?" Disse que não interessava quem eu era e, sim, suas atividades ilícitas. "Eu dou tudo o que você quiser. Mas não me sequestra, não me mata, por favor." A multidão aumentava, já ouvia sirenes aproximando-se. "A polícia vem aí. Quero que você conte a ela toda a verdade sobre roubos de gado e talvez outras histórias escabrosas porque, com toda a sinceridade, não gostaria de me encontrar com você outra vez." Daí, num salto, deixei a multidão para trás e desapareci de sua vista.

— E então veio embora? — indagou Matilde.

— E o chefão confessou tudo pra polícia? — quis saber Prudente.

— Nada. Às três da tarde liguei para a delegacia. "E então? O que o Canale contou?", perguntei. "Contou que foi atacado por um assaltante que o fez parar com uma arma, e que foi embora quando o povo ameaçou linchá-lo para defender a vítima, que se disse muito querida na cidade." "Ah, ele disse isso? E o que mais?" "Mais nada. O povo é que falava de um ninja gigante, filho do demo, de um homem-robô, essas coisas loucas." Ele não confessou. Logo era a vez do plano B.

— Por que você não foi atrás do tal Domingos? — perguntou Prudente.

— Não, nada de subalternos. Queria a cabeça, a intocável cabeça da organização. O resto era consequência. Pulando primeiro para um prédio de cinco andares e, desse, para um de dez, fiquei lá em cima, descansando, esperando escurecer. Quando a noite veio dirigi-me celeremente à casa de Canale. Como suspeitava, a segurança fora reforçada. Eu via tudo do teto das casas próximas, mas não tão próximas. Havia dois homens com cães, três rondando a propriedade e um novo *porteiro*, agora parrudo e mal-encarado. Isso do lado de fora. Não podia saber a quantas andavam as coisas lá dentro. Relaxei e pus-me a montar um esquema de ação.

— A que horas você resolveu agir? — questionou Dennis.

— Umas onze e meia. Atravessei quintais, varandas e um terreno baldio até parar atrás do muro dos fundos da casa de Canale, de cerca de três metros de altura. Com um pequeno esforço, erguia-me para conferir o que se passava do outro lado. Um homem com cachorro guardava essa área. Desloquei-me para a direita e atirei uma pedra para cair no canto esquerdo do muro. Homem e cão viraram-se para lá. Instantaneamente saltei de modo a cair bem atrás do vigia, que nem viu o que lhe atingiu a nuca. Aquele meu famoso golpe. Antes que tivesse tempo de rosnar ou latir, segurei o focinho do cão e carreguei-o comigo novamente para fora dos limites da casa. Soltei-o numa rua adjacente e voltei para onde estava. Tudo extremamente rápido.

— Essa não — duvidou Prudente.

— Não podia matar o cachorro, nem tenho estudos sobre como nocautear caninos como faço com homens. Mas sabia que ele não ofereceria perigo naquelas ruas desertas e que logo voltaria para seu lar. Enquanto isso eu deveria agir. Decidi entrar pelos fundos. Havia um homem armado a vigiar tal entrada. Não havia como aproximar-me furtivamente. Resolvi então fazer justamente o contrário. Corri e passei como um raio por ele, tomando sua arma à força. Fui parar mais adiante. Ele ainda dizia: “hein?”, quando retornei para tapar seus olhos e o colocar para dormir. Não sei que instintos foram acionados, mas o outro cão, que estava quase na frente da casa, começou a latir e a puxar o homem que o segurava na minha direção. "Ei, você!", o guarda gritou, já soltando o animal. Gengiva e dentes à mostra, o cão avançou e cravou seus dentes em meu braço direito, ou melhor, em minha blusa. Como não conseguia arrancar nacos de minha *fina* pele, teve de contentar-se com o tecido. Livrei-me do cachorro e pulei na direção do homem, que já me apontava a arma. Enviei-o ao solo. Mas o barulho alertou os outros dois homens de fora. "Parado aí!", gritavam ao longe e atiravam ao mesmo tempo. Corri para a porta dos fundos e entrei na casa.

— Te acertaram, filho?

— Não, Matilde. Quando entrei, um homem forte e grande já me esperava. Atirou, mas eu já havia iniciado um mortal sobre ele, cuidando para deixar o pé em suas costas. Ele caiu. Estávamos numa ampla cozinha. Quando tentava virar-se, eu já estava sobre ele. Virei-o de costas e ele fez naninha, como dizem as mães aos seus bebês. Tranquei a porta dos fundos. Da sala de jantar vinha mais alguém. Escondi-me atrás da porta da cozinha e esperei mais um segurança passar. Só tive o trabalho de *acariciar-lhe* a nuca. Já na sala de estar pude perceber que os outros guardas haviam dado a volta e entrado pela frente. Atiraram ao me ver. De um salto ganhei o segundo pavimento e passei a um corredor.

— E eles? Foram atrás?

— Sim, Prudente. Entrei em um quarto vazio. Numa casa daquele tamanho quase todos os quartos eram vazios. Nada prática. Não passava de um atestado de superioridade sobre a maioria das pessoas. Na verdade, um atestado de infantilidade do ser humano. Bem, do quarto eu os via vasculhando os outros cômodos. Chegaram ao meu. Olharam tudo, vistoriaram o armário, o banheiro, talvez até tenham dado uma olhada debaixo da cama. Nada. Quando se preparavam para sair apareci pela janela e voei para eles, por trás. Enquanto golpeava a nuca de um com a direita, inutilizava a arma do outro com a esquerda. Logo ambos estavam no país dos sonhos.

— Parece que você conhece todas as metáforas para o sono.

— Se souber de outras, conte-me, Dennis. Ao deixar o quarto, fui agarrado fortemente por trás. Era o *porteiro.* Num golpe ao estilo do judô, joguei-o por cima de mim, de modo que caísse de costas. Ele ainda tentou afastar-me com os pés, pressionando-os contra meu abdome. Vão esforço. Não conseguiu mover-me. Eu é que fui pressionando suas pernas contra seu corpo até que ele gritou. Penalizado, coloquei-o de bruços e recomendei-o aos braços de Morfeu.

— Morfeu? — estranhou Matilde. — Quem é esse?

— Mitologia grega, vó. Hipnos, o sono personificado, tinha mil filhos...

— Haja fralda — zombou Prudente.

— ... E um deles era Morfeu, cuja responsabilidade era aparecer, em forma humana, nos sonhos das pessoas. Os sonhos eram seu reino.

— *Morphé*, em grego, é forma. Daí o nome. Prosseguindo: o caminho estava livre para o terceiro pavimento. Subi a escada e cheguei a um corredor. Abri uma porta, mais outra e nada. Já dobrava à direita, mas detive-me atrás da parede, pois ouvi estampidos e senti projéteis zunirem perto de minha cabeça. Pude vislumbrar dois seguranças vigiando uma porta. Gritei-lhes que só queria conversar com Canale, ouvi-lo. "Escuta isso, coisa ruim!", respondeu um deles, mandando mais chumbo. Eles não saíam da frente da porta, nem eu ia até lá. Mas escutei as sirenes da polícia. Deveria agir rápido. Não podia esperá-los, tinha de ir até eles. O problema é que ser baleado dói, para dizer o mínimo. A solução estava à minha esquerda. Enquanto ouvia gritarem "Aparece, desgraçado", além de outras gentilezas, retirei duas portas dos cômodos mais próximos. Seriam meus escudos. Eram de madeira de lei, mas preferi usar duas para não correr riscos.

— Podiam acertar seus dedos — cogitou Dennis.

— Felizmente não acertaram. Aliás, atiraram pouco por absoluta falta de tempo. Com as portas à frente, virei para o lado deles a toda a velocidade. O quarto ficava no final do corredor. Comprimi o primeiro contra a parede do fundo. O segundo esgueirou-se para o lado, mas não lhe dei o mínimo tempo de reagir. Segurei-lhe a mão que empunhava a arma e, mantendo simultaneamente o outro preso com o ombro e a perna, providenciei-lhe um desmaio. Era grande a movimentação de policiais lá embaixo. Ao *emportado* segurança pedi que jogasse sua pistola no chão, sob pena de ter aumentada a pressão sobre si. Sei que era uma situação extrema, mas não me senti bem fazendo uma ameaça. Que funcionou. Ele atendeu-me prontamente. Em retribuição garanti-lhe um sono tranquilo.

— Você está me saindo um baita de um cínico.

— Apenas para tornar minha narrativa mais palatável, Dennis. A polícia já subia as escadas. Tratei então de ultrapassar a porta que os vigias guardavam com tanto zelo e carinho. Estava destrancada. Quer dizer, Canale tentava trancá-la, certamente movido pelo fato de ter cessado de ouvir as vozes de seus contratados. Minha súbita entrada fez com que deixasse cair o revólver e as chaves que segurava. Joguei a arma pela janela e tranquei a porta. Se eu fosse mesmo cínico teria dito: "Não vai me agradecer por ter terminado o que você começou?".

Etê fez uma pequena pausa para que sua "plateia" risse, numa forma de quebrar a tensão.

— No quarto estavam Canale, sua mulher e a filha adolescente. Todos apavorados, trêmulos. A mulher fazia o sinal da cruz. A polícia já batia na porta. "Abra ou vamos arrombar!" A menina estava histérica. "O que você quer da gente?" Disse-lhes que não faria mal a ninguém, que só queria conversar com Canale. Eu me sentia um monstro. Se vocês vissem os olhos deles... Começaram a arrombar a porta. Sem perda de tempo, agarrei Canale e com ele saltei pela janela. Seu urro impregnado de terror foi estridente e longo. Tanto que quase não ouvi sua mulher e filha gritarem: "Ele matou o papai!", "É o diabo, é o diabo que veio buscar a alma dele!".

— É... Ninguém melhor que a mulher pra conhecer os pecados do marido — observou Prudente.

— Taí uma coisa certa — concordou Matilde, irônica, para desconforto do marido.

— Quando elas e a polícia chegaram à janela, nós já estávamos fora do alcance de suas vistas. Escapei atravessando os terrenos vizinhos. A janela da qual saltei era lateral, por isso não fomos vistos pelos policiais e pela pequena multidão que cercavam a frente da casa. No caminho Canale rezava, implorava, oferecia subornos. Mantive-me calado. Não estava exatamente satisfeito. Infligira sofrimentos, físicos e emocionais, a várias pessoas. Enfim... Dez minutos de corrida e saltos depois, parei em pleno cerrado, no meio do nada, cercado pela escuridão. Coloquei Canale sentado à minha frente. Ele gemia e recusava-se a encarar-me, como uma criança assustada. Pedia-lhe que se acalmasse. Quando ele começou a dizer seguidamente: "Por quê? Por quê? Por quê?", dei por início nossa conversa.

— E ele abriu o bico?

— Abriu e cantou, Dennis. Não só contou em detalhes sobre planejamento, contratação, execução e divisão de lucros, em relação aos roubos de gado, como também confessou outros crimes, antigos e atuais. Falou de sonegação, contrabando, roubo de carro, contas fantasmas, subornos, extorsões e, o que é mais triste, revelou sua participação no tráfico de drogas, do qual é sócio menor. Citou até mesmo nomes de pessoas influentes com quem faz negócios. Exortei-o a repetir à polícia tudo o que me dissera. "E se eu não contar pra eles?", desafiou. "Nesse caso você nunca irá se livrar de mim", respondi.

— Aí ele tremeu nas bases — deduziu Prudente.

— Primeiro quis saber quem eu era. "Um anjo vingador ou um filho do capeta? De onde você veio? O que você ganha com isso?" "Ganho a satisfação de ver a justiça triunfar, o que não deve valer nada para você, pois não vem em forma de dinheiro. Mas para mim e muitas pessoas vale muito, vale tudo. É um dos aspectos da felicidade individual e coletiva. E então, vai contar tudo à polícia?" Ele hesitou, resmungou algo inaudível. Então falei que "Tudo bem, mesmo se não contar tenho uma maneira de fazer com que ouçam sua bela história", disse isso enquanto retirava do bolso um gravador que acionara no momento em que ele começou a *cantar*.

— Esse gravador...

— É o seu, Dennis. Peço-lhe desculpas por tê-lo apanhado sem pedir, mas...

— Que isso, está tudo bem, Etê.

— Tive o maior cuidado para que ele não se danificasse durante minhas altercações.

— E o bandidão? — interveio Prudente. — Qual foi a reação dele?

— Ao ouvir a reprodução de um trecho da fita, prostrou-se, braços abertos a abraçar a terra. Passaram-se alguns segundos para que sua mente criminosa desse sinal de que não se renderia facilmente. "Meus advogados vão alegar que essa fita é montada, vou dizer que houve coerção, rapto, sei lá o que mais... Nada gruda em mim, seu..." Prefiro censurar a última palavra. Eu repliquei que pode ser, mas a fita terá inúmeras cópias, que seguirão para inúmeros órgãos de imprensa. "Não só eu, mas a sociedade e a pressão que ela exercerá tornarão sua vida um inferno", disse-lhe. "Eu tenho mulher, uma filha pra criar e dois filhos estudando fora, que vivem do que lhes envio. Você não tem compaixão?"

— Um larápio desse falando em compaixão... — disse Prudente. — E o que você respondeu?

— "Que coisa estranha... Muitas pessoas têm um cônjuge e filhos para sustentar e criar, em situações semelhantes à esta, mas não recorrem ao crime, não prejudicam outras pessoas, não lhes vendem drogas para que elas se matem, não celebram o mal, a devassidão. Você nunca teve compaixão para com as pessoas que prejudicou e agora a requisita para si mesmo?" Ele ficou calado, olhando para mim, tentando fitar meus olhos, tarefa que a noite e a máscara dificultavam. Então ficou a repetir suavemente, quase sussurrando: "Quem é você? Quem é você?". Apanhei-o novamente. "Vou levá-lo até a entrada da cidade. De lá você deve encontrar um meio de voltar para casa. Durma, descanse e depois fale à polícia tudo o que está gravado aqui. Vou acompanhar o desenrolar dos fatos."

— E o que ele disse?

— Nem sim nem não, Matilde. Apenas: "Você teve compaixão de mim... Não vai me deixar no mato... Um anjo... É o que você é, não é? Quem é você?".

— Xiii, o homem endoidou! — concluiu Prudente.

— E ficou nessa ladainha até que o deixasse a alguns metros de uma barreira policial colocada na principal via de acesso à cidade. Do alto do barranco, escondido por arbustos, gritei-lhes: "Aqui em cima! Venham, ele está aqui!". De lá retornei para casa. Foi isso que andei fazendo. Devo desculpar-me por tê-lo feito em segredo e preocupado a todos. Mas se eu antecipasse o que faria, alguém nesta sala insistiria tanto e tão obstinadamente que eu teria de levá-lo, o que seria muito perigoso.

— Ei, por que está todo mundo olhando para mim? — questionou Dennis, fazendo-se de desentendido.

— Meu filho — disse Matilde, abraçando Etê —, assim você me mata. E se eles tivessem acertado sua cabeça, seu olho, o coração? A gente não sabe o que você pode suportar. Para com isso, Ernesto.

— Ou para ou o chinelo vai comer! — divertiu-se Prudente.

Restavam duas semanas de férias a Dennis. Tanta coisa havia acontecido na primeira metade de sua estada na fazenda... Tanta coisa que ele acreditava que, até sua volta a Goiânia, viveria num clima de calmaria. O que mais poderia acontecer? Era inevitável que por seu fluxo de pensamentos por vezes retornasse o temor de uma visita em massa de Ernestos, todos superfortes e dispostos a colonizar a Terra. Com ávido interesse, Etê procurava nos noticiários tudo o que se referisse a Guilhermino Canale. Seus esforços foram recompensados ao saber que fora decretada prisão preventiva do empresário, que confessou todos os seus crimes e entregou à polícia diversos nomes, que seriam investigados. Seu advogado, porém, já entrara com pedido de habeas corpus alegando insanidade de seu cliente. Mas Etê não deixava de estar satisfeito, afinal, fizera sua parte, assim como Canale. Era a hora de a justiça fazer a dela.

— A confissão de Canale está em todos os jornais do Estado, Dennis. Teve até certa repercussão nacional — animou-se Etê.

— Tudo graças ao seu poder de persuasão. O "Anjo vingador", como escreveu aquele jornal sensacionalista. Desconfiam que você seja um antigo prejudicado por Canale que voltou para realizar sua terrível vingança. Vai dar prosseguimento a esta carreira de herói, Etê?

— *Carreira de herói?* O Zorro da Chapada? Deixa disso, Dennis. Fiz o que fiz porque este caso tocou-me particularmente, porque minha vida pós-acidente resume-se ao convívio com a gente desta região. O pior é que tive de combater o mal com o mal. Tive de argumentar com os punhos. Será que, a exemplo de cães adestrados, o homem só aprende às cacetadas? É preciso que chegue o dia em que as pessoas percebam por si próprias que todos viverão melhor no instante em que deixarem de prejudicar-se mutuamente. Nesse dia não mais haverá necessidade de espancamentos, raptos e gravações comprometedoras. O ser humano precisa ter vontade de evoluir. Para que exista um herói é obrigatório que haja seres relegados a um nível inferior. Não quero ser herói. Não me alegra humilhar alguém.

Numa manhã de clima suave e agradável que se seguiu à partida de uma frente fria, Dennis e Etê, com diferentes intenções, foram ao encontro de Juraci. O jovem estudante buscava os apetrechos necessários para encilhar Tartarus. Fazia tempo que não cavalgava. Já o relutante herói, para não dizer anti-herói, queria verificar se o peão precisava de ajuda.

— Carece não, Arnesto.

Mas Etê foi tomado de um súbito interesse pelo que Juraci estava fazendo.

— O que é isso, Juraci?

— Uai, é um cambão que tô cunsertano pra dona Matirde.

— Cambão? Ah, sim, um cambo, que depois será preso à ponta de uma vara. Para apanhar fruta, não?

Dennis colocava a sela no cavalo, mas não despregava o olho de Etê. Seu amigo estava como que fascinado pelo objeto em forma de funil, cujas hastes metálicas convergiam para o anel de encaixe.

— Vô percisá de uma braçadera nova pra prendê mió o bicho na vara.

— Uma braçadeira... — disse Etê, olhando para o nada. — O estetoscópio e o cambo, Dennis... É isso... Eu...

Mão na testa como se estivesse tonto, Etê não completou a frase.

— O que foi, Etê? Não está se sentindo bem?

— Não sei... Minha cabeça... Muita coisa... Venha, venha... Meu quarto...

— Tá passano mar pur quê, sô? Só purque falei da braçadera? Tem lirgia de braçadera, Arnesto? E ocê, Dennis? Vorta aqui e disarreia o Tartro, sem vergonha! Os bunitin faiz lambança e quem limpa é o bocozão aqui.

Um tanto cambaleante, Etê, seguido de perto por um preocupado Dennis, chegou ao seu quarto. Dirigiu-se ao armário, retirou o baú e abriu-o.

— Veja, Dennis, esta peça.

— O que é que tem? É um anel, um aro.

— Encontrei no local do acidente... — fez uma pausa durante a qual fechou os olhos e franziu a testa. — Tudo começou com o estetoscópio, que é um instrumento que bifurca. Mas não consegui, apesar do esforço, estabelecer o motivo do meu interesse pelo objeto. Mas quando vi o cambo, aquelas hastes convergentes... Este anel, Dennis, funciona mais ou menos como a braçadeira de que Juraci falou.

— Você se lembrou, Etê? Quer dizer... lembrou-se de tudo?

— Estou... confuso. Tenho de ordenar o turbilhão de informações. Vamos começar por este anel. Ele fazia parte da ponta de um tubo mais grosso que se trifurcava para levar um gás para as turbinas da nave que eu copilotava. Resfriamento... É isso, Dennis, estou me lembrando! — disse, sem reprimir um largo sorriso.

Em resposta à alegria de Etê, Dennis também sorriu. Mas um riso sem convicção, tímido. Não sabia se, no final, aquela seria uma boa ou uma má notícia. Memória recuperada, Etê recordaria sua missão, os reais propósitos de sua vinda. E o que ele veio fazer na Terra? Bem, talvez ele nem fosse um alienígena, mas um piloto de testes australiano, russo... tcheco... Mas como explicar sua pele, sua força? Pilotos modificados geneticamente? Tais pensamentos teimavam em atazanar a mente do rapaz.

— Deite-se, Etê. Descanse o que for necessário e, mais tarde, se sentir que deve, conte tudo pra gente, lá em baixo, tudo bem?

— É claro que devo... Vou contar e...

Um gemido discreto interrompeu-o. Apreensivo, Dennis deixou o quarto do amigo e foi procurar os avós para informá-los da boa-nova. Boa?

Foram horas de dolorosa, porém conformada e silenciosa agonia. Dennis praticamente não almoçou. Seus avós tentavam disfarçar a ansiedade conversando esporadicamente sobre assuntos corriqueiros. O neto, nem isso. O velho relógio de pêndulo na sala bateu as duas horas da tarde. Seu som foi seguido por um contínuo e pesado ruído que vinha da escada, para onde os olhares foram automaticamente dirigidos. Etê descia os degraus. Seu semblante era sério, sereno. Seu olhar, distante. Na metade da escada ele parou. Levantou a mão direita na direção do estático trio e disse em tom solene:

— Saudações, terráqueos.

Na sala todos se entreolharam, mudos, na expectativa do que viria a seguir. O silêncio foi quebrado por uma gargalhada.

— Eu deveria tê-los fotografado — disse Etê, rindo e descendo o restante da escada. — Suas caras... "Saudações, terráqueos"... Não era o que falavam os alienígenas dos filmes dos anos 1950?

— Agora que já curtiu com a nossa cara — disse Dennis —, diga: sua memória voltou?

— Desculpem-me. Não pude resistir. A resposta é sim. De repente eu sou eu novamente. É incrível. Como se tivesse despertado de um sonho. Então eu acordo, levanto-me e continuo dentro do sonho, agora, porém, sendo eu mesmo, um personagem idêntico a mim. Como se eu reencarnasse em mim mesmo. É difícil explicar... Mas vocês devem estar ansiosos por minha história pregressa. A ela, então.

"É verdade. Não sou daqui. Venho de um planeta que chamamos, pelo menos em boa parte de nosso globo, numa pronúncia aproximada, de Aarriezt, que circunda uma estrela maior que o Sol, a qual é conhecida pela maioria da população por Fiiben. Sim, como vocês, não temos uma só língua, porém temos infinitamente menos idiomas. Essa estrela é conhecida pelos astrônomos da Terra, que lhe deram um número e não um nome. Mas os cinco planetas que giram em sua volta lhes são desconhecidos. O sistema localiza-se na galáxia de Seyfert, que nós denominamos Lehenierit.

"Meu nome é Nari Ziriin. Num cálculo rápido, comparando a duração da órbita de nossos planetas, posso dizer que nasci há cinquenta e seis anos terrestres... Vejo que se surpreenderam com minha idade. Para os padrões deste mundo aparento ser mais novo. Apesar de viver mais de cinquenta anos de vocês, sou uma pessoa jovem em meu planeta. Ao longo dos milênios, a expectativa média de vida vem crescendo continuamente, assim como a de vocês vem crescendo nos últimos séculos. Comumente passamos dos duzentos anos terrestres.

"Nasci de uma mulher. Antes que perguntem, revelo que quase metade dos bebês forma-se em, digamos, úteros artificiais. A decisão de carregar ou não outro ser dentro de si fica por conta das mulheres. Aprendi muito com meus pais, parentes e familiares. Mas quando completei nove anos terrestres comecei a frequentar um centro de estudos, um tipo de universidade aberta a todas as idades, a todas as pessoas. Você estuda de tudo, tudo o que quiser, desde gramática — de quaisquer idiomas — até mistura de materiais de construção; de fabricação de móveis a astronomia; de medicina a cultivo de lavoura. Por isso não há diplomas, não há títulos em meu mundo. Aquele que se interessou mais por engenharia ajuda quem se inclinou para o lado da biologia, por exemplo. Mas nada impede que haja um engenheiro biólogo, estão me entendendo? Ou um engenheiro-biológo-professor de geografia-operador de máquina, assim por diante.

"Eu, por exemplo, não sou apenas piloto. Sempre me interessei pelo comércio, pelas relações entre diferentes regiões, por mineralogia, história, linguística, entre outras áreas. Por ser piloto e apaixonado por relações bilaterais, voluntariei-me junto ao conselho uno para participar de missões espaciais. Em Aarriezt não há governos como os que vocês conhecem. O que chamo de conselho uno é uma espécie de escritório onde pessoas de todas as partes do planeta definem ações em conjunto. Embora cada região tenha um nome, não há países com delimitação de fronteiras. Elas foram sumindo gradualmente até a total abolição há quase um de seus milênios. Não há, portanto, governos nacionais. Cada cidade tem um conselho, eleito ou formado a partir de um revezamento combinado, depende de cada uma. Esse conselho constantemente pesquisa a vontade da população. Não há o acirramento de ânimos que se verifica por aqui. Cada um decide se vai apoiar e ajudar materialmente ou não determinado projeto. Não há impostos. Vejo que estão um tanto quanto confusos. Com o tempo destrincharei este tema. Vamos ao que interessa mais no momento.

"Há mais de mil anos enviamos nosso primeiro artefato ao espaço. Exploramos nossos satélites e um dos nossos astronautas chegou a pisar um inóspito planeta vizinho. Logo depois resolvemos enviar sondas a pontos mais distantes. À medida que o tempo passava, obtínhamos mais informações oriundas de quadrantes cada vez mais longínquos. Com a passagem dos séculos, porém, a exploração espacial tornou-se uma imperiosa necessidade, uma questão de vida ou morte. Literalmente.

"Exaustivos estudos comprovaram que nossa espécie não duraria muito mais que alguns séculos se não obtivéssemos novas fontes de água e comida. A Terra, como vocês sabem, é composta por três quartos de água. Aarriezt, não. Apenas um terço de nosso globo é coberto por água. E a maior parte da grande massa de terra é estéril, pobre, desolada. Não há superpopulação por lá, mas o colapso é inevitável.

"Por isso todos os projetos convergiram para a busca de fontes de água e outros recursos pelo universo afora.

Nosso já visitado planeta vizinho é um astro morto. No máximo retiramos alguns minérios de lá. Um outro não passa de uma rocha fumegante, tão próximo de Fiiben ele está. Ao maior planeta de nosso sistema, a exemplo de Júpiter, é impossível descer. Seríamos esmagados por sua gravidade. Por muito tempo pensamos que encontraríamos água potável no planeta mais distante de nosso sistema. Uma sonda recolheu amostras do gelo que o recobria. Derretido e analisado, descobriu-se que aquela água estava irremediavelmente misturada com elementos altamente tóxicos. Pode-se dizer que o planeta é venenoso.

"Como em nenhum dos poucos satélites do nosso sistema havia água, decidimos recorrer a outros sistemas. Paralelamente a essa busca, pesquisávamos a possibilidade de encontrar atalhos para outras galáxias. Era uma teoria antiga, nunca comprovada na prática. No desespero, deveríamos tentar tudo. No milênio passado começou a circular entre nós a teoria dos túneis espaciais. Num ponto em que existisse matéria exótica, um material que possui densidade de energia negativa, poderiam surgir túneis. Como todos sabem, existe a curvatura do espaço e do espaço-tempo. Os astros não estão dispostos como cidades num mapa. Como já dissera Einstein — atrasadamente em relação a nós —, grandes massas entortam o espaço à sua volta.

"As sondas não enviavam boas notícias dos sistemas localizados em nossa galáxia. A maioria dos planetas ou era gasosa ou completamente rochosa. Teríamos de ir cada vez para mais longe. Àquela altura, mesmo se encontrássemos um planeta em boas condições, o transporte dos recursos se tornaria um tortuoso problema. Quanto tempo para ir e voltar, quanto tempo para construir gigantescos veículos tripulados? E a tripulação? Talvez tivesse de passar a vida em uma nave.

"Então, há quase um milênio, uma equipe flagrou a interrupção da imagem de uma estrela, localizada na galáxia de Neelan, que vem a ser a sua Via Láctea. Em determinados períodos, conforme a rotação dos planetas em volta da estrela, sua luz simplesmente desaparecia. Vocês já ouviram falar de densidade de energia negativa? Usualmente existe a gravidade. Mas no túnel espacial, ou buraco de minhoca, na terminologia terrestre, há a matéria exótica. E foi exatamente um buraco desses que sugou a imagem da estrela, pois a densidade de energia negativa simplesmente engoliu a luz emitida pelo astro. A estrela em questão é a sua Alfa Centauri, a mais próxima do sistema planetário de vocês, a 4,4 anos-luz daqui.

"Conhecíamos sua galáxia há milênios. Mas só de vista, claro. Uma sonda, porém, levaria uma enormidade de tempo para chegar até aqui utilizando-se o processo convencional. Precisávamos dominar a viagem pelo túnel espacial para ampliar nosso campo de buscas. Foi aí que demos um salto tecnológico. Enviamos à região onde a luz da estrela sumia uma sonda movida a energia negativa e equipada com transmissores fotônicos, ou seja, ela tinha energia ilimitada e transmitia informações à velocidade da luz. Foi a primeira vez que tentamos. E fracassamos. Somente na quarta tentativa uma sonda desapareceu na boca do túnel.

"Por muitos anos perdemos o contato com a sonda. E o mistério permanecia, pois todas as sondas enviadas à região, uma mais sofisticada do que a outra, desapareceram na boca do túnel. Às vezes precisamos de tempo para desvendar um mistério. Então, nosso aparelho ressurgiu quatrocentos anos depois em Alfa Centauri, pois, como ele emitia sinais na velocidade da luz, a confirmação de que tinha atravessado o túnel demorou quatrocentos anos para chegar até nós. E as sondas começaram a aparecer uma a uma em Alfa Centauri, o que nos permitiu saber da existência de centenas de sistemas planetários na Via Láctea. Pouquíssimos deles comportavam planetas possuidores de água. Foi então que achamos que já era hora de o primeiro ser vivo passar pelo túnel. E você pode ter reparado que se enviarmos informações daqui à velocidade da luz, sem passar pelo túnel, só chegarão ao nosso planeta depois de mais de quatrocentos anos.

"Foi construída uma nave reforçada, robusta e ágil ao mesmo tempo. Embarcaram dois tripulantes, que entraram para a história como os primeiros entre nós a alcançar outra galáxia. Dois homens corajosos, pois não se sabia que efeitos a travessia poderia acarretar. Mas eles foram e, para surpresa dos que ficaram, disseram-se deliciados com a viagem. 'Especialmente depois que a gente acorda', disse um deles. Perdem-se os sentidos por alguns instantes, mas a sensação seguinte, ao despertar, é agradabilíssima, indescritível. Mas tínhamos outra grande questão: Será que a viagem de volta pelo túnel a partir do sistema de Alfa Centauri era possível? Felizmente, sim, e a comunicação também, pois estabelecemos dois pontos comunicantes no início e no fim do túnel. Desse modo, não precisamos esperar mais quatrocentos anos-luz para nos comunicar...

"Há cento e cinquenta anos decidimos construir uma estação espacial na Via Láctea, em órbita de um planeta parecido com Marte — mas de atmosfera venenosa — no sistema Alfa Centauri, com capacidade para cerca de mil pessoas viverem e trabalharem. Foi dessa estação que saíram os estudos que elegeram seu sistema o mais promissor entre os que pesquisávamos. Mas estávamos a mais de quatro anos-luz de distância da Terra. Em uma nave convencional, levaríamos centenas de anos para chegar a Plutão, por exemplo. E não havia um túnel disponível para encurtar o caminho. Teríamos de criar um se quiséssemos chegar até esta região, uma vez que os sistemas mais próximos de nossa estação revelaram-se sem vida, embora alguns planetas e satélites contivessem água. Mas a maioria era inóspita a nossa espécie. Os outros tinham pouca água, mares rasos, serviriam apenas como solução de emergência. E continuávamos sem encontrar vida inteligente no universo. 'Será que estamos sozinhos?', nos perguntávamos.

"Foi de uma dureza quase incontornável a construção do primeiro túnel espacial artificial. Muitos pensaram em desistir, mas os obstinados venceram, e há setenta anos estava pronto nosso túnel de estimação, formado pelo bombardeio de potentíssimos canhões de matéria exótica de um artefato eletromagnético de cerca de dez quilômetros de comprimento, também girando em volta do planeta morto, mas numa órbita superior à da estação, de onde, alinhado o túnel, passamos a não mais ver o sol, devido à absorção da luz.

"Cautelosamente enviamos primeiro sondas para pesquisar os oito planetas deste sistema. Plutão, que vocês consideram planeta anão, é gelo puro, algo promissor, assim como Netuno e Urano. Saturno e Júpiter, inúteis sob o ponto de vista de povoamento, exploração de recursos ou qualquer outra coisa. Seus satélites, porém, mostraram-se convidativos. Pelo menos alguns deles, sendo que aquele que vocês chamam de Titã, em Saturno, chega a abrigar formas incipientes de vida. Considerando-se a estirpe de seus vizinhos, pode ser considerado uma filial do paraíso.

"Mas o melhor estava por vir. Embora seco e sem vida, o que a sonda nos revelou sobre Marte deixou-nos eufóricos. Seria, enfim, um planeta em que poderíamos colocar os pés, embora ainda necessitássemos de aparelhos para respirar. Mas o êxtase foi total quando a sonda aproveitou o impulso marciano para atingir a Terra. Os primeiros sinais enviados indicavam um planeta repleto de água, uma atmosfera basicamente de nitrogênio, mas com uma concentração incomum de oxigênio, praticamente desprovida de gases venenosos. Isso foi há mais de sessenta anos, quando vocês ainda não tinham satélites artificiais. Com exceção da Lua e de partículas pequenas, nossa pequena sonda era o único objeto na órbita deste planeta. Lua, aliás, que possui uma quantidade desprezível de água.

"O que no princípio parecia ser um defeito na sonda revelou-se pouco depois a maior descoberta de nossa história. Uma infinidade de interferências eletromagnéticas em nossa comunicação com o aparelho denunciou a existência de vida inteligente aqui embaixo. É que estávamos ouvindo rádio. Aqueles ruídos estranhos, ininteligíveis, em diferentes frequências, sem dúvida eram vozes, eram música. Uma música diferente, estranha, mas, a matemática explicou, música.

"Aquela primeira sonda seguiu seu caminho para Vênus e Mercúrio. Inúteis. Daí resolvemos concentrar nossos esforços na Terra. Queríamos saber que tipo de seres viviam aqui, o que pensavam, o que faziam, sem esquecer, evidentemente, de nossa missão primordial, a de encontrar meios de sustentar a vida de nossa espécie. Então mandamos sondas e mais sondas em órbitas cada vez mais baixas. Estávamos fascinados e sobressaltados. Pelas imagens que nos chegavam, obtidas por máquinas bem superiores aos seus telescópios, câmeras e objetivas, vislumbrávamos suas construções, suas aeronaves, embarcações, mas o que mais nos empolgava eram as maravilhas naturais. Nunca tínhamos visto tanta água, tanta vegetação, tanta diversidade biológica...

"As informações passavam para a estação e depois a Aarriezt. Muito deliberamos até resolvermos enviar, primeiro, naves não tripuladas para coletar amostras de ar, água e solo terrestres. A primeira delas aterrissou aqui nos anos 1950. Sempre almejamos a maior discrição possível. Buscávamos áreas isoladas, pouco povoadas, de preferência livres do alcance de radares, cuja existência detectamos. Apesar da grande diferença de massa entre nossos mundos, concluímos que um membro de nossa espécie não teria maiores problemas se quisesse, digamos, dar um passeio pela Terra. Nossas atmosferas apresentam mais similitudes que diferenças. Seríamos até mesmo beneficiados, pois a oferta de oxigênio daqui é maior que a nossa. Temos também menos nitrogênio e presumo que um terráqueo reclamaria do cheiro de meu planeta, pois ostentamos um nível maior e mais concentrado de gases pouco apreciados por aqui. Quando ainda não podia falar, senti durante algumas semanas uma irritante dor na garganta. Agora sei que foi um período de adaptação ao ar terrestre."

Neste momento Etê fez uma pausa para aspirar fortemente. Interrupção aproveitada por um ainda não completamente tranquilo Dennis para fazer a pergunta que lhe martelava a cabeça desde o início.

— Então vocês começaram a enviar naves tripuladas para sentir melhor o terreno que planejam tomar para si, não? Querem transformar a Terra numa colônia, onde vocês virão buscar recursos para manter sua boa vida. Este planeta vai tornar-se uma enorme despensa, um reles celeiro...

— Calma, Dennis, eu ainda não...

— Vocês não podem fazer isso — disse Matilde, apavorada e às lágrimas.

— Calma, gente — aconselhou Prudente. — Deixem o homem falar. Talvez não seja nada disso.

— Obrigado, Prudente. Nossa intenção não é subjugar a humanidade, não é transformar a Terra em um enorme Brasil colônia, que sofria nas mãos da metrópole lusa. Já encerramos o período de testes e análises científicas, estudamos como pudemos a história da humanidade e nos preparávamos para a fase do contato.

— Contato para quê?

— Para estabelecermos relações, Dennis. Relações amistosas. Por isso eu, piloto e especialista em relações bilaterais, fui um dos escolhidos para organizar o primeiro encontro entre nossos povos, para definir tal momento e a maneira pela qual o primeiro contato deverá acontecer. Era minha primeira viagem à Terra. Meu companheiro, Zlihuri Ppleezt, que perdeu sua vida no acidente, estudava mais detidamente a ética, o comportamento dos seres humanos. Ele já viera duas vezes; seria um tipo de guia para mim. Como nas vezes anteriores, ainda não seria desta vez que manteríamos contato. Talvez isto ainda demore para acontecer. Precisamos ter certeza de que o anúncio oficial de nossa existência, hoje apenas especulada, não causará uma reação histérica ou hostil, ou ambas. Em suma, algo que possa desencadear acontecimentos prejudiciais às duas espécies.

— Certo, certo — disse Dennis. — Mas você ainda não disse o que vocês farão depois de estabelecer as tais relações amistosas. Amistosamente vocês dirão que "Sinto informar-lhes que agora procederemos à pilhagem de seu planeta. Sugiro que não esbocem qualquer reação", ou alguma coisa parecida?

— Não, Dennis. Por que você insiste em nos demonizar? Não esperava uma reação xenófoba de você, um sentimento tão primitivo e ultrapassado. Se de fato ocorrer o contato oficial entre nossos povos, proporemos a vocês um acordo de cooperação. Terra e Aarriezt se uniriam para explorar os recursos de Marte, por exemplo, da Lua, de Titã, de Plutão... Não poderíamos instalar-nos nesses lugares sem que os terráqueos tivessem conhecimento prévio. Seria como um vizinho novo chegar e ir logo pulando o muro para apanhar goiabas. É preciso pedir licença, autorização. Gostaríamos de acertar um intercâmbio cultural, tecnológico, político e econômico com vocês. O fato é que chegamos mais longe que vocês na exploração do espaço. Nada mais natural que lhes fornecêssemos nossos conhecimentos nesta e em outras áreas. Também teríamos muito a aprender com vocês, nem tenham dúvida disso. Na riqueza da Terra, da qual vocês necessitam, não tocaremos. Jamais. Mas... E o futuro? Seus recursos também não são eternos. Poderemos planejar nosso futuro em conjunto. Queremos explorar o universo com vocês.

— Fantástico, Etê, ou melhor, Nan.

— Podem continuar me chamando de Etê, Ernesto, Ernst...

— Seria maravilhoso para a humanidade, além de resolver o grave problema de vocês. Nós poderíamos usar o túnel espacial, que por enquanto vive apenas nos sonhos dos cientistas.

— Tudo muito bonito — disse Prudente —, mas vocês viram a truculência com que agem as autoridades daqui. Os governos do mundo são capazes de atirar primeiro e só perguntar depois o que vocês vieram fazer aqui. A gente não tem nem um governo mundial unificado para...

— E a ONU? — perguntou Matilde.

— A ONU faz o que os grandes querem. É a voz das superpotências, não reflete o que a humanidade pensa.

— Tem razão, vô. Ela coloca em prática o que ordenam os governos, não o povo. Ou os povos.

— Esse tipo de coisa é que devemos levar em conta antes de estabelecermos contato. Devemos saber primeiro com quem falaremos, se a população de todas as regiões concordará com o acordo. É uma questão muito delicada que deve ser trabalhada com toda a paciência, mesmo que se arraste por décadas.

— Bem ético da parte de vocês propor esse acordo — afirmou Dennis. — E como foi o acidente? Por que vocês caíram?

Antes de responder, Etê suspirou profundamente.

— Foi o que de mais triste aconteceu em minha vida. Perdi um amigo... Bem, nós deixamos a estação com a nave em perfeita ordem. Elas são constantemente revisadas. Atravessamos o túnel com total tranquilidade. Zlihuri divertiu-se com minha euforia ao ter à minha frente aquela lindíssima bola azul, que vira apenas por imagens. Passamos sem problemas pelas camadas da atmosfera e Zlihuri decidiu dar uma volta ao globo para me mostrar suas belezas. Nossas naves possuem um mecanismo capaz de mudar sua coloração externa de acordo com a cor do céu sob o qual estejamos nos deslocando. Sua aparência altera-se contínua e instantaneamente.

— São naves-camaleões.

— Sim, Dennis, pode-se dizer que sim. Além disso, não há radar na Terra que consiga nos captar. Mas então subíamos pela América do Sul, provenientes da Antártida, quando, sobre o Uruguai, ouvimos um ruído estranho e sentimos um solavanco. Era algum problema nos propulsores ou algo havia nos atingido, cogitamos. Ouvindo um barulho irritante e controlando a nave com alguma dificuldade, prosseguimos viagem, agora já sobre território brasileiro. Nossa missão era captar transmissões de TV e coletar dados que trafegam pelas redes de computadores. Tudo para entender melhor o ser humano. Algumas emissões de TV e a internet não são captadas no espaço.

— E o problema da língua?

— Desde as primeiras transmissões de rádio captadas por nós, conseguimos decifrar cerca de duas dezenas das línguas mais faladas da Terra. Há inúmeros tradutores entre nós. Eu mesmo já falava inglês, chinês, espanhol e hindi. Agora domino o português. Onde estávamos? Ah, sobre o território brasileiro. Sobrevoávamos o Paraná quando começamos a perder seriamente a potência. O painel então indicava avaria grave na turbina direita. Pouco depois, outro solavanco. Nosso rastreador não captava nada. Perdemos a força da turbina superior. Logo não havia mais como controlar a nave. Nossa salvação seriam os módulos antigravitacionais: direcionando antigrávitons contra a Terra, garantiríamos um pouso suave. Mas o sistema também não funcionava. Perguntávamo-nos o que estava acontecendo, pois jamais uma de nossas naves tripuladas apresentara problemas tão graves. Aliás, o único acidente aconteceu ainda durante a fase experimental, no final dos anos 1940.

— O Caso Roswell!

— Nada disso, Dennis. Era uma de nossas naves não tripuladas. E ela caiu no oceano Pacífico. Assim como a maioria da humanidade, também não sei se Roswell foi realidade ou fantasia. Voltando ao trágico desastre, procurávamos de todas as formas nos manter na horizontal. Assim, poderíamos ganhar tempo para achar uma área desabitada. Sabíamos que cairíamos. No máximo transformaríamos a queda em um pouso forçado, dependendo do lugar onde descêssemos. Passamos por São Paulo, Minas Gerais e, sobre Goiás, nossa situação ficou insustentável. As últimas palavras que ouvi de Zlihuri foram: "Não está certo, não está certo!". A partir daí, o nada. Minha mente bloqueou os últimos segundos antes do impacto. Certamente nós vimos o pasto vazio de Prudente e reunimos nossas derradeiras forças para manobrar a nave em sua direção, sempre tentando manter a posição horizontal. Do resto vocês sabem mais que eu.

O restante da tarde, toda a noite e o começo da madrugada foram ocupados por uma interminável "entrevista coletiva". O trio terráqueo procurava arrancar de Etê tudo o que podia sobre Aarriezt. Todos os aspectos eram abordados. Discorreu-se sobre educação, política, economia, transportes, arquitetura, esportes e, claro, sobre a vida privada dos aarrieztianos.

— Então não tem casamento por lá?

— Não como existe aqui, Prudente. Até algum tempo atrás ainda se faziam casamentos de papel passado em algumas regiões do planeta. Ainda se desconfiava um do outro. Mas evoluímos muito, não só materialmente. Por que as pessoas se casam de papel passado por aqui? Para avisar a sociedade que elas vão passar a morar juntas (por isso testemunhas e convidados) e para garantir a observância de certos direitos em caso de separação. Para que avisar a sociedade? Em meu mundo, se duas pessoas decidem viver juntas, elas vão lá e vivem. Avisam se quiserem. E não precisam assinar qualquer tipo de contrato para garantir direitos. Ninguém tem a mínima intenção de prejudicar o outro. Não há disputas judiciais em nenhum setor da sociedade. Por quê? Porque lá não há competição entre as pessoas. Há interação, cooperação e solidariedade.

— Não tem esse negócio de um chifrar o outro, não?

— Não, Matilde — sorriu Etê. — Não há competição por parceiros. Com o desenrolar dos milênios, o intelecto foi ganhando preponderância sobre os instintos mais primitivos. O sexo, há mais de dois mil anos, é usado apenas para fins reprodutivos, sendo que mais da metade das pessoas prefere gerar filhos de modo assexuado, isto é, por inseminação artificial, fertilização *in vitro*, com posterior introdução do embrião em úteros verdadeiros ou artificiais. É difícil explicar isso num mundo em que, ao contrário do nosso, os instintos primitivos é que ditam as normas de conduta. Nosso prazer é ver o outro feliz, é aprender, é ensinar. Um terráqueo médio não suportaria viver em Aarriezt nem por pouco tempo. Um terráqueo de hoje. Daqui a mil anos, quem sabe...

— E no seu planeta todo mundo é forte que nem você?

— Eu sou uma pessoa normal em meu planeta, Prudente. Não há grandes discrepâncias físicas entre nós, pois o culto ao corpo, a seleção natural com base em critérios animalesco-primitivos acabaram há vários milênios. O que me tornou especial aqui na Terra é o fato de meu planeta ter uma massa quinze vezes maior que a do seu mundo. A força gravitacional age sobre tudo lá de forma proporcional. Para resistir a essa força é que somos mais densos, temos órgãos mais pesados, uma pele reforçada e essa aparência esbelta.

— Teoricamente, então — disse Dennis —, vocês deveriam ser mais baixos que nós, pois a gravidade deveria tê-los achatado contra o planeta.

— Vocês eram pra ser pizzas ambulantes — brincou Prudente.

— Houve de fato uma longa era em que fomos bem mais baixos, porém densos e esbeltos. Mas o brutal desenvolvimento da medicina, da biologia, da química e da nutrição assegurou um gradual aumento da altura média da população geração a geração. Não somos pizzas ambulantes porque não só nós, mas todos os organismos de meu mundo evoluíram, por bilhões de anos, de forma proporcional ao nosso tipo de gravidade. Vocês é que estão raciocinando de forma geocêntrica. Se fosse assim, meu povo também poderia pensar que os terráqueos, devido à gravidade baixa, deveriam ser finos como agulhas e altos como os maiores arranha-céus.

— É difícil pensar despreconceituosamente — declarou Dennis. — E como encontraram um planeta de gravidade fraca, vocês devem sentir-se na Terra como nossos astronautas sentiram-se ao passear pela Lua: o que é um passo um pouco mais forçado em seu mundo transforma-se num salto quilométrico aqui. O conceito é fabuloso: nós o vemos mover-se com uma velocidade incrível, bem acima das nossas capacidades. Vocês, no entanto, sentem-se como se estivessem fazendo tudo em câmera lenta.

— Exatamente. E como não tinha memória de minha vida pré-acidente, minha adaptação à Terra foi automática. Enquanto estava desmemoriado, eu é que não entendia como o resto da humanidade podia ser tão frágil, tão fraca e tão lenta. Agora percebo o efeito que você mencionou. Nós já havíamos previsto tais reações antes de enviar a primeira nave tripulada. Passávamos por baterias de testes e por simulações, para que nosso organismo não sofresse tanto com a diferença de ambiente. Nosso metabolismo mesmo se altera.

— Então um ser humano não tem a mínima possibilidade de pisar em Aarriezt — conjecturou Dennis. — Ele seria esmagado aos poucos, dolorosamente.

— Acho que não seria esmagado. De qualquer maneira teríamos que realizar inúmeros testes antes de tomar qualquer decisão nesse sentido.

Quando praticamente começavam a dormir sentados, Prudente e Matilde retiraram-se da sala. Os outros dois, entretanto, ainda tinham muito o que conversar.

— E agora, Etê, o que você vai fazer?

— A resposta é simples, Dennis. Vou tentar cumprir minha missão.

— Mas como? Você está isolado no mundo. Como vai contatar sua gente?

— Tenho uns planos. Mas tenho a certeza de que o acidente não passou despercebido. Depois de perder contato, o pessoal na estação deve ter enviado uma missão de resgate. Essa missão deve ter captado o sinal do transmissor da nave acidentada e ido ao seu encontro. Eles devem tê-la localizado já no lugar para onde a Aeronáutica a levou.

— E então? Será que eles tentaram uma ação mais ousada para recuperar a nave e levar os pilotos embora? Porque não há como saber que Zlihuri está morto e você, desaparecido, há?

— Só sei que eles não tentariam um resgate espetacular, que poderia nos expor prematuramente ao seu mundo. Poderia haver conflito. Seria uma péssima maneira de fazer novos amigos. Quanto a mim e a Zlihuri, eles confiam em nosso treinamento.

— Treinamento?

— Sim, treinamento em caso de captura por parte de alienígenas. A regra é não falar nada e tentar fugir de qualquer maneira. E, uma vez perdido em um mundo estranho, ser o mais discreto possível e tentar encontrar um meio de voltar para casa. Simples de enunciar; o fazer é que beira o impossível. Mas é esse impossível que devo buscar. Prioridade número um: devo encontrar o transmissor fotônico da nave para contatar meu povo. Depois vêm todas as outras prioridades: descobrir a causa da queda da nave, certificar-me se Zlihuri está mesmo morto e fazer o relatório que me foi solicitado. Afinal, passei mais de seis meses entre os humanos, praticamente vivendo como um deles. Devo ter algo a dizer.

— Para achar o transmissor fotônico devemos encontrar a nave.

— *Devemos?*

— Modo de dizer. E onde está a nave? Só pode estar em uma das bases da Aeronáutica. A mais próxima daqui fica em Brasília. Bem perto também está a Base Aérea de Anápolis.

— Correto. Esse é o caminho.

— Mas o que é um transmissor fotônico? Ele utiliza-se da luz para realizar a comunicação?

— Exatamente, Dennis. Aqui na Terra vocês não têm os cabos de fibra óptica? É um passo para a fotocomunicação. Como você já deve ter estudado, a luz é formada por partículas...

— Einstein começou tudo isto. A luz chega em pacotes de energia, os *quanta*, sendo que cada partícula é chamada de fóton.

— Muito bem, Dennis. O transmissor carrega os fótons de energia eletromagnética e os direciona para um ou vários pontos específicos, numa forma de garantir sua recepção. Tudo isso feito na velocidade da luz.

— Já temos aqui uns microfones a laser.

— Rudimentares.

— E que combustível suas naves usam?

— Reatores de antimatéria. Cada partícula do universo tem sua contraparte. O que fazemos é jogar uma partícula contra sua antipartícula, o que provoca a destruição de ambas. Aí é só aproveitar a energia liberada para fazer as turbinas funcionarem. Tudo de uma forma controlada, segura.

— Você faz tudo parecer tão simples. Antimatéria por aqui ainda está em estudos preliminares.

— Penamos séculos para controlar essa energia inesgotável e, hoje, barata.

— Será que estamos preparados para recebê-la assim, de mão beijada? Será que a humanidade não ia logo encontrar um jeito de transformá-la em arma, como fez com a dinamite de Nobel e a energia atômica?

— São perguntas desse tipo que fazemos o tempo todo. Um acordo interplanetário pode sair apenas se (e quando) elas forem respondidas satisfatoriamente.

— Sei, por enquanto a humanidade é aquele maníaco que usa os instrumentos do médico que salva vidas para fazer mal às pessoas.

A conversa só acabou por insistência de Etê.

— Você precisa dormir, Dennis. Teremos tempo de sobra para conversar muito mais.

Na cama, o jovem ainda digeria a tonelada de informações que recebera. E ficava atento aos ruídos do quarto vizinho. Temia que Etê fugisse para procurar sua nave, utilizando a mesma estratégia adotada para ir furtivamente a Formosa.

Foi com alívio que no dia seguinte encontrou o alienígena a tratar dos porcos.

— Tenho uma imensa pena desses animais. Pensar que virarão comida...

— Ei, ontem você não disse o que vocês comem. São vegetarianos?

— Muitos milhares de anos atrás ainda devorávamos animais. Mas como eu disse antes, os instintos primitivos foram sendo substituídos por sentimentos e preocupações mais nobres.

— Mas alimentação é uma necessidade.

— Concordo com você. Mas o ser humano tem prazer em comer. Esse prazer a natureza concedeu aos seres primitivos para que eles nunca deixassem de se alimentar, para que permanecessem fortes e aptos para perpetuarem-se. Os animais irracionais comem por instinto, por prazer. Os humanos já não precisariam agir do mesmo modo a partir do instante em que adquiriram consciência. Nós temos consciência de que, para sobreviver, precisamos de certas substâncias presentes nos alimentos. Precisamos da proteína do boi, por exemplo, não do boi inteiro. Então desenvolvemos em laboratório cápsulas e líquidos que concentram nossa necessidade diária para subsistência.

— Que graça há nisso?

— A graça é que sabemos que não precisamos achar graça em comer. Somos seres racionais. Nossos prazeres são os quitutes do espírito. Não nos alimentamos por instinto. Quem come por instinto e não de acordo com sua real necessidade está sujeito aos desequilíbrios decorrentes da dieta equivocada e descontrolada. Daí os casos de obesidade, as úlceras, os cânceres e tudo o mais.

— Em matéria de prazer, Terra e Aarriezt estão em polos opostos.

— E não sei que povo está certo. Qual deles vive mais? Onde é que não há guerra, competição? Onde ser feliz e fazer os outros felizes é a regra naturalmente estabelecida?

— Serão necessários milhares de anos para a humanidade compreender o que você está falando?

— Talvez não. Talvez o choque do contraste entre nossas culturas possa acelerar o processo de amadurecimento ético-espiritual de vocês.

— Ou talvez vocês regridam ao nosso estágio.

— Será? Vocês estudam os homens das cavernas, mas não têm vontade de viver como seus ancestrais, têm?

Derrotado pela lógica de Etê, Dennis limitou-se a sorrir. Pensava se viveria para participar do momento em que se daria o congraçamento intergaláctico. De qualquer modo, sentia-se orgulhoso pelo fato de um ser extraterrestre ter-lhe confiado informações que nem mesmo os mais altos mandatários da Terra conheciam.

— Dennis — chamou Etê, interrompendo os pensamentos do rapaz. — Estive pensando... Eu vou a Brasília. Vou procurar a nave e fazer o que deve ser feito. Vai ser esta noite. Acho que já devo começar a me despedir de todos.

— Despedir? Mesmo que você recupere a nave, ou pelo menos o transmissor, isso não significa que você tenha de nos deixar imediatamente. Você pode esperar seu pessoal aqui mesmo.

— Dennis... Eu invadirei uma base aérea. Se a nave estiver lá, estará sob forte vigilância. Não há como não ser visto. Eu posso ser capturado... ou morto. Na hipótese de eu sair com o transmissor, as investigações deles evidentemente vão ligar o sumiço do aparelho ao alienígena que desapareceu do local do acidente, o que os trará até aqui. Logo não posso mais voltar para cá. Depois que passar por aquela porteira... trilharei um caminho sem volta.

Sem argumentos, Dennis ficou pensativo por alguns segundos.

— Mas você não pode ir a pé, Etê. Vai acabar sendo visto. E com a repercussão da história do *vingador mascarado* de Formosa...

— Não tenho opção. Devo arriscar-me.

— Não. Vou falar com o vovô. Juraci e eu vamos te levar de caminhonete. Vamos te deixar a algumas quadras da base.

E assim ficou combinado. Sairiam ao entardecer. De madrugada, com sorte estariam chegando à base aérea da capital federal. Etê passou a tarde despedindo-se de todos. Aos que não sabiam a verdade foi dito que Ernesto, ou Ernst Tchapek, estava voltando a Praga, pois haviam cancelado subitamente suas férias.

— Uai, Arnesto — estranhou Das Dores —, que caconteceu?

— Me mandaro trená mais, Das Dor. Diz qui nas Oropa apareceu uns nego mais forte qui eu. Si eu num fazê mais inzerciço vô tê qui vortá a trabaiá.

— Cruiscredo! Num pode inzisti hômi mais forte cocê, não, sô! Isso num é gente, é alifante.

Na sala de jantar, a última reunião com seus anfitriões.

— Coma, Etê — disse Dennis. — Aproveite sua última refeição primitiva.

— Assim você ofende sua avó, Dennis. Eu habituei-me à comida de vocês. Não é agora que recobrei a memória que vou recusá-la. Preciso alimentar-me. E como você sabe que é a última? Talvez eu tenha de fugir pelo mundo afora. Nesse caso terei de comer o que me for apresentado. Com a brutal desvantagem de não ser um repasto preparado por Matilde.

— Obrigada, filho — disse, chorosa, Matilde. — Não precisa se preocupar com esta mala. Já arrumei tudinho.

— Pega esse dinheiro, Ernesto.

— Não será necessário, Prudente. Obrigado.

— Pega, rapaz. Se você ficar solto nesse mundão, você vai precisar de alguma grana. Aqui é assim. Não é que nem seu planeta, onde ninguém usa dinheiro.

— Tudo bem, Prudente, você venceu. Passa a *bufunfa*.

Enfim, depois de emocionada despedida, a estrada.

— Arnesto, meu véio — disse Juraci enquanto dirigia —, ocê num sabe o tanto que eu vô sinti sua farta.

— Eu também sentirei saud... quer dizer, iguarmente procê tamém, Juraci.

— Num falo só da parte da amizade, não, sabe? Agora o sirviço pesado vai sobrá tudo pra mim, ara, si vai. Si ocê pudé mandá umas vitamina lá do seu praneta...

Passava da meia-noite quando a caminhonete parou a cerca de mil metros da base aérea. Etê já vestira a blusa preta e tinha a máscara na mão.

— Bem, então, adeus.

— Ainda não vou me despedir de você, Etê. Nós vamos te esperar aqui. Caso você não seja visto, recuperando ou não o aparelho, volte para cá.

— Se eu tirar o transmissor de lá, você sabe que não poderei voltar à fazenda.

— Aí a gente te deixaria em um lugar seguro.

— Está bem, Dennis. Mas se eu não voltar em uma hora, vão embora. Então até logo. Espero.

— Boa sorte.

— Num discuida, não, Arnesto.

Imensa com seus prédios e pistas, a base era cercada por grossas e altas cercas. Sentinelas rondavam pelo chão enquanto outras aninhavam-se nas guaritas. Etê tinha como seus alvos específicos os hangares. Provavelmente em um deles devia estar guardada sua nave, se é que foi para lá que a levaram. E onde jogaram o corpo de seu amigo Zlihuri? E se ele não morreu? E se diagnosticaram erradamente sua morte, uma vez que os médicos terrestres não possuem muito conhecimento da fisiologia aarrieztiana?

Esgueirando-se por trás das árvores que circundavam a base, Etê deteve-se numa área que combinava fraca iluminação com rara vigilância. Com um pequeno salto — para ele —, venceu facilmente a cerca. Do bolso retirou a pequena lanterna que Dennis havia lhe fornecido. Havia hangares dos dois lados da pista. Contava com a sorte para encontrar a nave em um daqueles situados do lado em que se encontrava. Como não ser visto se tivesse que atravessar a vigiada pista principal?

Passava pela porta de um dos alojamentos, quando ouviu vozes e passos vindo em sua direção. Àquela hora todos não deveriam estar dormindo? Não havia tempo nem lugar para se esconder, mas quando dois soldados, aparentemente alterados, saíram do alojamento, nada viram. Se tivessem olhado para cima veriam mais de dois metros de uma figura virtualmente humana dependurada nas vigas da varanda, torcendo para que a madeira não cedesse ao seu peso.

Aliviado, chegou ao primeiro hangar. O enorme edifício estava trancado, e na frente encontrava-se uma sentinela. Ganhando a parte dos fundos, Etê decidiu arriscar passar sobre a parede de concreto de mais de quinze metros de altura, medida insignificante para quem pode transpor o equivalente ao dobro disso. O problema é que havia um espaço de no máximo meio metro entre o topo da parede e o teto metálico. Teria de calcular o salto de modo a não bater com a cabeça no teto, mas obrigatoriamente deveria agarrar-se à parede, enfiando os braços pela abertura. E sem fazer muito barulho.

No primeiro salto seus dedos ficaram a poucos centímetros do topo. Para não cair violentamente — e não provocar grande rumor —, fincou a ponta dos dedos no concreto. Desceria arranhando a parede se não tivesse feito um desesperado esforço para deter a queda e escalar a distância restante. Substituindo a picareta pelos próprios dedos, o alpinista improvisado alcançou o topo. Ofegante, apontou o facho de luz para o interior do prédio, onde avistou somente aviões e nenhum objeto coberto por lonas que pudesse levantar suspeita. Decepcionado com o primeiro fracasso, Etê saltou para fora, obtendo uma queda altamente silenciosa.

De um salto só, alcançou a abertura do segundo hangar. Viu apenas um caça e centenas de peças espalhadas pelo chão. Já o terceiro hangar estava ocupado por três helicópteros e um objeto menor, coberto por um pano branco. Não podia ser a nave, mas Etê decidiu descer e averiguar. Poderia ser um pedaço dela. Sentidos em alerta, retirou o pano e descobriu uma caixa de televisão. O que havia dentro dela? Abriu e encontrou... uma televisão. Nova em folha. Deixou tudo como estava antes e pulou de volta. Sentado lá em cima, já se deixava cair, quando percebeu uma sombra saindo de trás da parede à sua esquerda. Virando o corpo no ar, segurou-se na beira do paredão. Ali dependurado, viu um soldado começar a dobrar em sua direção. Pensou que seria o fim de uma busca discreta e sem incidentes, mas alguém chamou o soldado e ele deu meia-volta.

Etê pôde descer e terminar de vasculhar os hangares daquele lado da pista. Tudo em vão. Teria de atravessar os cerca de cinquenta metros de asfalto. Para poder fazê-lo sem ser visto, escondeu-se atrás do último hangar, de onde poderia monitorar as sentinelas de solo e das guaritas. A torre de controle estava tão distante que de lá ninguém perceberia um objeto atravessando a pista a noventa quilômetros por hora, mas algum tempo de espera assegurou-lhe que não havia como passar para o outro lado. Etê deveria aguardar o momento em que todas as sentinelas, as do alto e as de terra, afastassem-se ou virassem a cabeça para outro lado. Todas ao mesmo tempo. Seria como esperar um alinhamento de planetas. Por isso resolveu fazer o caminho de volta. Pularia novamente a cerca e, por fora, contornando a base, chegaria ao outro lado. Seu plano foi retardado por mais um inconveniente à porta do alojamento. Agora os soldados bêbados discutiam com soldados sóbrios. Falavam algo sobre delação, traição e camaradagem. Etê deveria esperar que entrassem ou fossem para qualquer outro lugar. Infelizmente para o invasor, os militares não estavam preocupados com o relógio.

Não era somente Etê quem sofria com o atraso. Na cabine da caminhonete a ansiedade era quase palpável.

— Já venceu a hora, Dennis.

— Eu sei, Juraci. Mas vamos esperar mais um pouco. Ele pode estar saindo neste instante. Só mais alguns minutos.

— Tá *bão*, tá *bão*.

Finalmente, bêbados e sóbrios entraram no alojamento. Para se garantir totalmente, Etê esperou que a última luz fosse apagada. Pôde então correr como nunca e pular o alambrado outra vez. Deu a volta e começou tudo de novo. Desta vez havia uma guarita muito próxima ao primeiro hangar. Teve de esperar até que o guarda resolvesse fixar seu foco de atenção no lado oposto. Silenciosa e cuidadosamente saltou sobre a cerca. Em um segundo já estava oculto pelos fundos do primeiro galpão. Bem a tempo, pois a sentinela acabara de olhar na direção da cerca. Vistoriou o hangar. Nada. Estava reiniciada sua via-crúcis.

Juraci estava ainda mais inquieto.

— Já faiz quais *duas hora* que ele foi, Dennis. *Vambora.*

— E se ele estiver precisando de ajuda?

— E quem ajuda *nóis*?

— Podem tê-lo pego. Podem ter atirado nele.

— Ocê iscutô argum tiro? Eu num iscuitêi. E óia qui pra matá o Arnesto os nego tenqui usá uns belo duns canhão. Vambora. Ele deve tê achado o aparêi e já chamô os amigo dele lá.

— Quem dera tenha sido isso o que aconteceu.

— Ocê num quis imbora antes... Óia quêqui aconteceu.

Um grupo de cinco homens, todos exalando álcool, cercou o veículo. Eram pessoas simples, provavelmente moradoras das cidades satélites. Todos aparentavam ter entre trinta e quarenta anos.

— E aí, gente boa? — disse um dos bêbados, pendurando-se na janela de Dennis. — Tão perdidos, é?

— Se liberar uma grana a gente indica qualquer caminho — disse o outro, do lado de Juraci. — A gente mostra até o caminho da salvação.

— Chega de papo-furado! — disse o primeiro. — Xovê o que cês têm no bolso.

Puxando Dennis contra seu corpo, de modo a afastá-lo da janela, e retirando uma faca da cintura, Juraci pronunciou-se:

— Vai todo mundo carcano fora daqui, sinão eu furo um pur um.

— Nós tamo em cinco, caboclin. Cinco contra dois. Um e meio, pra falar a verdade.

— Só vô falá uma coisa: eu sô fio do Zecão Firmino.

A reação do quinteto foi imediata. Todos se empertigaram à menção daquele nome.

— Parece cocêis já ouviu falá no meu pai, o Diabo da Chapada. Si ocêis num quisé sabê si eu puxei o véi ou não, intão pica a mula, some da minha frente.

Por via das dúvidas, o grupo resolveu seguir o conselho do peão. Esquecendo que estavam bêbados, os cinco homens apresentaram um desempenho digno de velocistas olímpicos.

— Juraci, você é uma revelação — disse Dennis, olhos ainda arregalados.

— Ah, meu pai, me perdoa pur todos esses ano qui eu falei mar do sinhô. Purque hoje o sinhô feiz uma coisa boa. Modo de dizê, purque foi o seu nome qui feiz o trabaio todo. Memo anssim, brigado, pai.

— Acho melhor a gente ir embora, Juraci. Que o Etê me perdoe se eu estiver fazendo a coisa errada.

O último hangar revelou-se vazio. Nem um mísero teco-teco. Talvez a nave estivesse em pedaços em outra dependência, pensou Etê. Mas não havia mais tempo para vasculhar outros pontos da base. Logo amanheceria. Passaria o dia traçando planos. Quando a noite voltasse a cair, estaria de volta. Agora conhecia melhor o terreno. Estudaria mapas, plantas, tudo. Decepcionado, Etê foi embora. Pelo menos não fora visto, contrariando suas expectativas.

As férias acabaram e com agosto chegaram as aulas. Como no início do primeiro semestre, Dennis mostrava-se apático, distante. Não tivera mais notícias de Etê. Procurava inutilmente nos jornais alguma menção a incidentes na Base Aérea de Brasília. Entregaria a alma para saber onde estava seu amigo naquele exato momento.

No recreio foi abordado por Larissa.

— O que você tem, Dennis?

— Larissa, Larissa, pelo menos meus olhos podem cantar de alegria, pois somente eles têm a felicidade de contemplá-la. Poderia me dar um abraço?

A jovem não viu empecilho algum.

— Ah, Larissa, obrigado. Apenas seu abraço para ajudar a aplacar esta minha melancolia. Esta melancolia cósmica.

— Quer ver um médico, Dennis?

— Não, para quê? Quem viu um, viu todos.

— Obrigada pela carta e pela gravação. Mamãe ouviu e adorou. Ela mudou totalmente de opinião a seu respeito.

— Você deixou sua mãe ouvir a gravação? Quem mais ouviu? A torcida do Flamengo? — perguntava, em tom de brincadeira. — Da próxima vez vou te mandar um recado pelo alto-falante do Estádio Serra Dourada em dia de final.

Em casa, os pais e os irmãos não paravam de contar histórias da Disneylândia. Dennis não se cansava de ficar calado. Numa tarde de sábado ele saiu para comprar pão e leite. Ao dobrar a esquina deparou-se com um rosto conhecido, embora não tivesse reconhecido de pronto seu dono.

— Olá, Dennis, como vai? Sou eu, o tenente Renê Amarante. Já se esqueceu de mim, *sir* Dennis, o cavaleiro das longas e sedosas madeixas.

Por trás apareceu o outro agente da inteligência da Aeronáutica, Níveo Peralta, o antipático e taciturno Níveo.

— O que está acontecendo?

— Esperava que você respondesse a essa pergunta, Dennis — disse Renê.

— O fato é que estamos te vigiando há alguns dias — informou Níveo.

— Você não tem com o que se preocupar. O coronel só nos pediu que lhe fizéssemos algumas perguntas. Vamos entrar naquele bar ali. Pouca gente. Teremos a privacidade necessária.

Sentaram-se os três à mesa de bar mais afastada. Renê começou a conversa.

— O coronel solicita sua colaboração, Dennis. Pediu para você pensar no bem maior, no bem da pátria, da humanidade, até. Queríamos que você contasse o que sabe.

— Do que você está falando?

— A caminhonete do seu avô foi vista nas proximidades da Base Aérea de Brasília algumas madrugadas atrás — disse Renê. — Dizem que dentro dela estavam um homem de trinta e tantos anos, de bigode e aparência rústica, e um rapaz de cabelos longos. Quem mais, com tais descrições, usaria o carro do velho Prudente, senão você e Juraci? O que vocês faziam naquele lugar? E naquela hora? Admiravam o céu, as estrelas? Algo normal, pois o céu de Brasília é tão límpido...

— A gente estava se preparando para ir embora. Fomos fazer algumas compras. Vocês sabem que de vez em quando fazemos isso.

— Acha que somos trouxas, Dennis? Onde está o homem? Onde está o homem do espaço? Ele estava com vocês, não? Procurava pela nave, não é mesmo?

Dennis permaneceu calado, olhando fixo para seu interlocutor. Completamente alterado, Renê apertou o braço do estudante com a mão direita.

— Não quer cooperar, né? Faça uma forcinha... Senão nós é que faremos. Eu poderia apertar até você implorar para parar.

— Solta ele, tenente! — interveio Níveo, segurando o braço do colega. — Vai dar problema se...

— Está bem. Você está livre, moleque. Mas por quanto tempo? Saiba que este... esta conversinha não foi ordem do coronel. Menti para ti. Ele pediu apenas que ficássemos de olho. Mas você não pode imaginar o que é conviver noite e dia com a ignorância. Nós, subalternos, só sabemos que há um alienígena à solta no mundo. E também sabemos onde está a nave. Eu queria detalhes, sabe? Queria saber tudo sobre ele, seu povo, seu mundo, seus propósitos... Mas não... Tudo é cercado de sigilo, de pastas lacradas, de meias verdades... Uma verdadeira...

— Chega, tenente. Vamos embora daqui.

— Um estudantezinho qualquer sabe mais que nós. Mas por pouco tempo: logo o passarinho vai cantar.

Salvo pelo antipático Níveo, Dennis, com o braço dolorido, perguntava-se até onde iria Renê se não fosse a intervenção do outro agente. Mas não estava de todo descontente com aquela *conversinha*, afinal, por ela soube que Etê não fora capturado, que continuava longe das garras das autoridades.

A cinquenta quilômetros dali, mais precisamente em Anápolis, Etê preparava sua segunda investida para tentar encontrar sua nave e, mais importante, o transmissor fotônico. Quando a madrugada calou os barulhos da cidade e retirou quase toda a gente das ruas, o aarrieztiano colocou-se à espreita da base aérea da cidade.

Repetiu a estratégia brasiliense de começar pelos fundos. Para seu espanto, percebeu que a vigilância era bem menor que a de Brasília. Quase inexistente, aliás. Por isso saltou a cerca sem maiores preocupações. Ficou algum tempo atrás de uma pequena construção a observar a área dos hangares. Não pôde deixar de estranhar que à frente dos grandes galpões, enquanto esteve monitorando, não passou uma sentinela sequer.

Com redobrada cautela aproximou-se das imensas

portas do hangar mais próximo. Para sua surpresa, estavam destrancados. "Seria o desleixo algo plenamente aceitável ali?", indagava-se, perturbado. Ou novas surpresas haviam sido preparadas para ele? Ao abrir as portas e constatar o conteúdo do hangar, Etê soube que a resposta para a segunda pergunta era sim.

Um tanque de guerra apontava-lhe o canhão. Ao redor do pesado veículo aglomeravam-se vários soldados armados de fuzis e até bazucas. Atrás de si, Etê sentiu uma forte luminosidade. Verificou que se tratava de holofotes, cujos fachos de luz vinham do alto dos prédios e das guaritas. Uma armadilha. Caíra numa armadilha. Soldados e mais soldados surgiam da esquerda, da direita, por trás, de todos os hangares. No alto dos prédios da base podia vislumbrar pontas de fuzis, mais bazucas, morteiros e lança-granadas. Inclusive dois helicópteros apareceram sobre a instalação militar.

— Finalmente! — exclamou o coronel Nicolau Bonhoff, que tomou a frente dos homens dentro do hangar. — Pensei que o grande rato branco não viesse à ratoeira. Não adianta tentar fugir. A menos que você queira testar seus limites. O que você faria contra uma bala de canhão? Agarraria como se fosse um goleiro? Pois é, meu caro, você

deve estar se perguntando como sabíamos que você viria. Não precisei ser nenhum Sherlock. O carro do dono da fazenda na qual vocês saíram foi visto perto da base de Brasília. O que ele fazia ali? Deduzimos que o pessoal da fazenda, ou o ET sobrevivente, queria algo que pensava estar na base. Evidentemente ninguém achou nada, pois lá não se encontrava mais nenhuma lembrancinha do acidente. Chegamos à conclusão que tentariam outra vez em outro local. Como a base mais próxima é esta... E como conhecemos a constituição física de vocês, resolvemos nos prevenir, para o caso de que fosse você o invasor. E aqui nos plantamos durante as últimas noites. Obrigado por fazer tudo ter valido a pena.

— Onde está a nave? E o outro piloto? O que aconteceu com ele?

— Sinto informar que seu amigo morreu na queda. Mas console-se. Ele nos foi muito útil. Fatiado.

Bonhoff calou-se depois de proferir a palavra *fatiado*. Tentara provocar Etê e esperava sua reação. O alienígena manteve-se impassível, embora por dentro chorasse o destino do amigo.

— Humm... Vejo que não perde a cabeça facilmente.

— E a nave? — indagou Etê.

— Num lugar extremamente seguro. Vamos te levar até ela. Basta você cooperar e não resistir.

— Em que hangar?

O militar gargalhou ruidosamente.

— Nossos irmãos norte-americanos levaram a nave, o corpo do seu colega e agora querem você. Só para estudos, perguntas, essas coisas, meu amigo. Melhor nos ajudar do que levar uma vida de fugitivo, não? Confie em nós. Nós o queremos vivo porque somos curiosos. Queremos aprender com você. Então vai nos dizer o que veio fazer aqui, quais as intenções de seu povo, o que você faz, pensa, coisas assim. Temos muitas ideias a trocar.

Por intermináveis momentos Etê fitou o rosto do coronel. Se deixasse que o levassem poderia de algum modo aproximar-se de sua nave e então teria acesso ao transmissor. Mas relutava em confiar neles. Além disso, o teor de sua missão era claro: viera apenas para conhecer o planeta e aprender mais sobre seus habitantes. Não poderia fornecer nenhuma informação às autoridades terrestres, mas, sim, aos seus conterrâneos. Mas era primordial chegar perto do aparelho com o qual poderia contatá-los.

— Se eu me entregar, vocês vão me levar para os Estados Unidos, para o local onde está a nave?

— Mas é claro que sim, meu amigo.

— Muito bem. Estou pronto para partir assim que vocês quiserem.

Os pensamentos de Dennis estavam voltados apenas para o vestibular. Como era previsto, teve de sacrificar sua habitual viagem à fazenda dos avós. Era dezembro, terminara bem o ano escolar e decidira-se por tentar uma vaga no curso de jornalismo, que nem mesmo se encontrava entre suas opções acadêmicas havia um ano.

— Quero denunciar todo o tipo de injustiça — dizia a seu pai, justificando sua escolha, claramente inspirada no exemplo de Etê. — Agentes do mal, tremei! — brincava.

Não que a lembrança do amigo alienígena houvesse esmaecido. Não, a preocupação com o destino de Etê continuava a passear por sua mente. A diferença era que a vida readquiria o ritmo normal. Tanto que Larissa — e sua mãe — já não tinha do que reclamar.

Mas sua rotina foi quebrada com um telefonema recebido no começo de uma tarde de sexta-feira.

— Dennis — chamou sua irmã. — Tem um cara de voz esquisita querendo falar com você.

— Olá, Dennis. Que tal voltar a jogar cartas com seu tio? Faz tanto tempo, hein? Por que você não vem jogar? Posso até te ajudar a treinar redação pro vestibular. Então preste atenção, preste atenção: bolei um rápido, interessante tema. Insisto, sabendo ser essa intenção sua.

— Hã? Ah, sim...

— Até logo.

Calafrios tomaram conta do corpo de Dennis. Seus membros enfraqueceram-se. Era Etê. Para quem mais contara a história da trapaça no jogo de cartas a não ser para seus pais e irmãos? E seu tio, ele sabia, estava em São Paulo. Era mesmo Etê. Alterara a voz para evitar que a reconhecessem, o que quer dizer que ele achava que o telefone poderia estar grampeado. O jovem apressou-se a pegar caneta e papel. Então escreveu: "Bolei Um Rápido, Interessante Tema. Insisto Sabendo Ser Essa Intenção Sua".

— BURITISSEIS — disse, entredentes. — Buritis, seis. Bosque dos Buritis, às seis horas.

Devia ser discreto se quisesse encontrar-se com Etê

no bosque. Certamente voltara a ser vigiado, se é que deixaram de vigiá-lo por algum tempo. Às cinco e meia desceu para o térreo. Levava uma pequena escada nas mãos. Olhou para ver se havia alguém o observando. Ninguém suspeito. Mesmo assim resolveu pular o alto muro dos fundos do edifício. Não se arriscaria a sair pela frente. Garotos brincavam, espalhados e barulhentos. Entre eles, seu irmão.

— Que que cê vai fazer, Dennis?

— Resolvi tomar um atalho hoje. Vigie a escada para mim, viu? Tchau.

Saltou para o terreno adjacente, onde foi saudado por um latido nervoso, feroz. Pensou o pior. Mas o dono do latido era um cãozinho vira-lata, de voz desproporcional ao seu tamanho. Mas ele tinha dentes. Por isso Dennis correu o que pôde em direção ao portão. Já na calçada, ouviu:

— Ei, volta aqui! O que você estava fazendo na minha casa?

Quinze minutos de ônibus depois, estava no Bosque dos Buritis. Com a mente em polvorosa, percorria as alamedas, rodeava o pequeno lago, sentava-se nos bancos de concreto de vez em quando e, principalmente, colocava seus olhos para vasculhar o parque encravado no coração de Goiânia.

Pouco depois das seis, sentado de costas para o lago, olhos no vazio, Dennis assustou-se quando sentiu o peso de uma mão sobre seu ombro.

— Calma, Dennis. Venho em paz, terráqueo.

— Etê! — após um longo e afetuoso abraço, veio a cascata de perguntas: — Por onde você andou? Achou a nave? Transmitiu sua mensagem? Teve problemas? E quanto ao...

— Assim você me afoga em perguntas... Não temos muito tempo, Dennis. Eles estão atrás de mim. E de você. Eu vim para me despedir de vez. E para adverti-lo.

— Despedir-se de vez? Advertir-me de quê?

— Não vou mais poder vê-lo. Não posso colocar sua vida, e a de seus parentes, em perigo. Por isso devo adverti-lo para que se previna contra possíveis atentados contra sua integridade física, contra sua liberdade. Querem chegar a mim por intermédio de você.

— Entendo. Você tem medo de que eles venham a me usar como isca para atraí-lo?

— Sim. Eles sabem que eu não deixaria que nada de mau acontecesse a você, ou a Prudente, Matilde e os outros. E essa gente, Dennis, não mede esforços para alcançar seus podres fins. Aconselho-o a gravar e a escrever tudo o que você sabe. É uma arma na sua mão. Se o ameaçarem você dá o troco: diga que contará tudo à imprensa, que dará o nome dos militares envolvidos.

— Claro, claro. Nós temos amigos jornalistas... Mas o que aconteceu com você nesses últimos meses?

Etê relatou suas infrutíferas buscas em Brasília e Anápolis e sua rendição a Bonhoff.

— Então fui levado num avião militar para os Estados Unidos. Na base de Cabo Canaveral fui colocado num quarto, que parecia mais uma cela, de paredes brancas, uma cama, um banheiro. Pediram que eu descansasse da viagem. Disse que não estava cansado. Trouxeram comida. Não comi. Pouco depois vieram médicos, cientistas e outros, talvez seguranças, não sei. Estes, do lado de dentro. Fora do quarto certamente havia gente a observar pelo espelho falso. Falamos em inglês.

— Fizeram aquelas perguntas de praxe?

— Fizeram. Mas não obtiveram respostas. Só respondia o que eles já sabiam, isto é, que eu sou alienígena, que estava na nave acidentada, que me escondera pelo interior do Brasil. Não citei o nome Aarriezt nem o teor de minha missão, nem nada. A todo momento eles entreolhavam-se. Percebi que perderam a paciência comigo quando entraram no quarto, sérios, o coronel Bonhoff e um militar norte-americano de alta patente, Nielsen.

— Para ameaçá-lo?

— Nielsen bradou que o povo da Terra exige respostas de um ser que veio de outro planeta sem ser convidado para fazer aqui não se sabe o quê. Falou muito sobre minha condição de invasor e disse que eu não tinha os mesmos direitos de um ser humano. Não tinha, portanto, a prerrogativa de permanecer calado, mesmo porque não estava preso. Eu respondi que não tinha apenas o direito, mas a obrigação de manter minha palavra.

— E ele ficou mais fulo?

— Não sei. Ele apenas fechou a cara e disse que era uma pena que eu não quisesse responder por bem.

— Ameaçou-o de tortura.

— Pedi para ver a nave. O coronel Bonhoff riu ironicamente e olhou para Nielsen, que também esboçou um sorrisinho sarcástico. Nielsen ordenou aos seus homens que me levassem até a nave, mas que me vigiassem de perto. Então fui atravessando os corredores da base sob a mira de bazucas, metralhadoras e fuzis.

— Bazuca em recinto fechado!? O que o medo não faz...

— Fui levado a um amplo galpão e apresentado a uma infinidade de peças metálicas, plásticas e de materiais desconhecidos da humanidade.

— Depenaram sua nave?

— Pode-se dizer que sim. Abaixei-me para contemplar e apalpar aqueles... restos. Faltava muita coisa. O transmissor, por exemplo. O motor também. O militar encarregado disse que aquilo era tudo que estava naquela base. Deduzi que levaram pedaços para outra, ou outras bases.

— Levaram para estudá-los melhor, só pode ser.

— Provavelmente. O fato é que eu fora enganado. Bonhoff dissera que a nave estava lá, não pedaços dela. Fui levado de volta ao meu quarto.

Horas depois, conduziram-me para um amplo laboratório. Em seu centro havia uma câmara de forma ovaloide, feita de metal e vidro resistentíssimos. *Pediram* que eu entrasse nela. Como hesitei, brandiram suas armas. Para não criar problemas, entrei.

— Era o começo de sua tortura?

— Ou um interrogatório bem radical. Um homem

de jaleco branco digitou qualquer coisa em seu teclado e automaticamente senti uma fortíssima pressão, que me fez encolher, dobrar-me em direção ao chão. Como doía minha cabeça, a coluna... De um alto-falante vinha a voz de Nielsen: "Se você falar, nós desligamos o aparelho". Eu não falei, não gemi. Então aumentaram a pressão. Estava encolhido como um feto, quase perdendo a consciência, sem noção do tempo, quando abriram a porta. Acho que juntaram uns dez homens para levarem-me de volta ao quarto.

— Que aparelho era aquele?

— Foi o que perguntei a outro homem de jaleco branco que entrou no quarto carregando uma bandeja. Ofereceu-me comida leve e suco. Ele disse que era biólogo, que aquela não era sua área. "Algo a ver com gravidade e antigravidade", ele falou. "Mas a Terra não domina essa tecnologia, pelo menos oficialmente", disse eu. Ele ficou calado. Perguntou se eu não queria comer, beber. Recusei. Não tinha fome. Pelo contrário. Meu sistema digestivo, assim como o resto de meu corpo, estava moído. Sentia-me dilacerado. Deixando a bandeja na mesinha ao lado, o biólogo disse-me, em voz baixa: "Como você acha que detectamos e derrubamos sua nave?".

— O que ele quis dizer com isso?

— Não sei. Ele soltou essa pergunta e saiu imediatamente do quarto. Só posso teorizar. A antigravidade já é dominada por meu povo há muito tempo. Nas naves ela é usada apenas na decolagem e no pouso. Enviam-se antigrávitons ao solo em intensidades variadas para que o veículo suba ou desça. Mas não acho que os cientistas norte-americanos tenham tido tempo de entender e muito menos copiar essa tecnologia pelo estudo e observação da nave que caiu na fazenda de seu avô.

— Então quer dizer...

— Que vocês já trabalham satisfatoriamente com a antigravidade ou que receberam tal tecnologia de uma outra civilização que não a nossa.

— Mas é claro. Senão o biólogo não teria perguntado o que perguntou. É uma conclusão aterradora. Significa que pelo menos os governos dos Estados Unidos e do Brasil estão mantendo algum tipo de cooperação com extraterrestres.

— Um tipo de acordo que exclui outros visitantes, como se este planeta fosse monopólio de outra civilização. Mas prefiro sinceramente pensar que o biólogo referia-se ao adiantado estado da ciência terrestre.

— Apenas é mais tranquilizador pensar assim. E como você saiu de Cabo Canaveral?

— No dia seguinte... Ou melhor, algum tempo depois, já que eu havia perdido a noção do que era dia e noite, os militares voltaram com sua conversa impregnada de chantagens. "Vai falar agora ou quer voltar para o útero?", que é como eles chamavam a esfera gravitacional. Eu estava melhor, mas não muito. Resolvi ganhar tempo. Disse que estava tentando ordenar os pensamentos, que estava confuso, e que mais tarde eles voltassem. Entreolharam-se novamente e saíram. Com o passar do tempo sentia minhas forças voltando. Quando os homens de farda retornaram, disse-lhes, com firmeza: "Amanhã. Estejam aqui amanhã e lhes darei alguma coisa. Minha cabeça ainda gira. Foi aquele aparelho de vocês...".

— E o que você deu a eles?

— Muita dor de cabeça. Quando me senti totalmente revigorado, resolvi atacar o que pensava ser o ponto mais fraco do sistema: o espelho falso. Atirei-me contra ele, estraçalhei-o, e vi-me na sala adjacente. Antes que as sentinelas que ficavam do lado de fora a guardar a porta do meu quarto entrassem, arrombei a porta para cima deles, tomei-lhes e inutilizei-lhes as metralhadoras e disparei a toda velocidade pelos corredores afora. Os alarmes berravam, soldados saíam apressados de seus alojamentos e a luz do sol apareceu à minha frente. Como um aríete com vontade própria, derrubei alguns homens que tentavam barrar-me o caminho e ganhei o pátio externo. Em vez de seguir em frente, dei meia-volta e saltei sobre o prédio do qual havia saído. Lá de cima corri, e saltei, como nunca para a liberdade. E desapareci Estados Unidos adentro.

— E como você veio parar aqui?

— Deixei passar alguns dias, em que apenas bebi água dos bebedouros públicos, e então saltei o Rio Grande, na fronteira mexicana. Foi um pulo rápido e largo. Provavelmente não fui visto por ninguém. No México, como já sentia minhas forças esvaindo-se, ofereci-me para ajudar numa obra de construção civil. Pagaram-me alguns pesos, com os quais pude comer alguma coisa. O tempero quase me matou nos primeiros dias, mas prossegui viagem. Correndo, saltando, fazendo pequenos serviços, atravessei a América Central e a Colômbia até entrar no Brasil. A Amazônia foi a parte mais demorada da viagem. Toda aquela vegetação simplesmente impede meu estilo de, digamos, exercitar-me. Paguei alguns barqueiros para chegar a Belém. De lá até aqui foi mais simples. Quase um mês ao todo.

— Que aventura, Etê... Algo que eu nunca irei viver...

— Hora de ir, Dennis.

— Para onde você vai?

— Vou vagar por este mundo atrás de uma forma de entrar em contato com a estação em Alfa Centauri. Nem que leve o resto de minha vida, pois o que resta a fazer para alguém como eu, o mais estrangeiro dos imigrantes deste planeta? Se preciso for, invadirei uma a uma todas as bases norte-americanas, todas as instalações militares. De uma coisa eu sei: a humanidade não está pronta para nós. Talvez tenhamos de buscar outros sistemas estelares, outras galáxias, embora seja curto nosso tempo, cosmicamente falando. Não é só do transmissor que preciso, Dennis, mas também de respostas. Então quer dizer que a nave foi derrubada? Mas como? Como? Adeus, Dennis...

Os dois amigos abraçavam-se pela última vez quando ouviu-se a voz debochada de Renê Amarante:

— Vocês não sabem como parte meu coração atrapalhar uma cena tão comovente.

Antes que a dupla esboçasse qualquer reação, o militar prosseguiu:

— Quietinhos. Olhem à sua volta. Brinquedinhos que machucam por toda a parte.

De todos os lados saíam soldados empunhando as mais pesadas armas das forças armadas brasileiras.

— Dennis, Dennis, que descuido o seu... — disse Renê. — Eu estava naquele bar que fica atrás do seu prédio. Ouvi quando o sujeito da casa em frente gritou, querendo saber o que estavam fazendo na casa dele. O berro chamou minha atenção. Naquele momento vi você correndo. Enquanto o seguia, avisava tudo ao Níveo pelo celular. Eu estava por aí, observando o papo de vocês, só esperando o Níveo juntar a equipe lá no batalhão do Exército e trazê-la para cá. Os militares tinham ordens de atender nossos pedidos.

— Sai de perto dele, Dennis — ordenou Níveo. — Vai pra sua casa, por favor.

— E o que vocês vão fazer com ele?

— Se ele cooperar e ir conosco sem criar problema — afirmou Renê —, sairá ileso daqui.

— Vá, Dennis — disse Etê. — Para seu próprio bem.

— Não. Você não é uma coisa, um animal irracional para que o tratem assim. E você é meu amigo. Não vai ser vergonhoso ou desonroso, para mim, enfrentar o mesmo destino que o seu, seja ele qual for.

— Desculpe-me, Dennis. Enquanto pronunciava esta

frase, Etê jogou Dennis ao chão e deu um salto de costas na direção do lago. — Não se levante, Dennis! — Gritou.

Ainda não tocara a água quando ouviram-se os primeiros estampidos. Atiravam em massa contra ele.

— Não, parem! — gritava, em vão, Dennis.

Um minuto depois a saraivada de tiros cessava. O lago estava liso e calmo como antes.

— Todo mundo atento — aconselhou Renê. — Vamos esperar. Se ele estiver morto não vai aparecer boiando, devido àquele peso todo.

Os soldados quase fechavam um círculo em torno do lago.

— Está vendo, tenente? — apontou Níveo. — Mancha de sangue.

— Parece que o coronel vai ter mais um cadáver extraterrestre para estudar.

Aquelas palavras apertaram ainda mais o coração de Dennis. Seus olhos já não faziam nenhuma questão de reprimir copiosas lágrimas. Já trabalhava mentalmente com a certeza da morte do grande amigo, quando ouviu um ruído proveniente das águas calmas. Ao levantar a cabeça, viu a esbelta figura de Etê atingir uma altura que talvez jamais tenha alcançado antes. Certamente ele, que respirava pouco, prendera o potentíssimo fôlego e, mesmo ferido, agachado no fundo do lago, tomara impulso para saltar o mais alto, o mais distante possível. Os militares faziam menção de atirar para o alto, no que foram detidos pelos gritos enérgicos de Níveo.

— Não! Vocês podem atingir civis! Nós o perdemos. Outra vez.

— Que negócio é esse de dar ordens? — enfureceu-se Renê, quase enfiando o dedo indicador direito na narina esquerda de Níveo. — Esqueceu quem está no comando aqui? E qual o problema em atingir uns inúteis civis se é o destino da humanidade que está em jogo?

— Desculpa se fui humano demais para o senhor, tenente.

As lágrimas continuaram a rolar pela face de Dennis pelos dias seguintes. Às vezes denotavam alegria, alívio, pois eles não tinham capturado Etê. Chorava de tristeza também, por que não? Afinal, ele sabia que não mais veria o amigo de Praga novamente. Dennis temia pelo que aguardava o alienígena. Mas suas lágrimas corriam ainda por conta da pena. Pena do nosso planeta, que, na prova do universo, possuía altas probabilidades de ser reprovado. Se Etê um dia conseguir passar seu relatório, ou se

seus conterrâneos que vierem depois conseguirem emitir seu parecer a respeito da humanidade, ficará comprovado que não temos condições de passar de ano. Dennis chorava nosso atraso, mas sabia que aquela não fora a última prova. Se nos empenharmos, ainda teremos muitas chances. Temia apenas que houvesse uma prova final, um prazo fatal.

composição: Verba Editorial

impressão e acabamento: RR Donnelley

papel da capa: cartão 250 g/m^2

papel do miolo: ofsete 90 g/m^2

tipologia: Berkeley

agosto de 2014